火花旅館

啞石 著

啞石詩選

《中國當代詩典》第二輯　總序

朝向漢語的邊陲

楊小濱

　　中國當代詩的發展可以看作是朝向漢語每一處邊界的勇
猛推進，而它的起源也可以追溯出頗為複雜的線索。1960年代
中後期張鶴慈（北京，1943- ）和陳建華（上海，1948- ）等人
的詩作已經在相當程度上改變了主流詩歌的修辭樣式。如果說
張鶴慈還帶有浪漫主義的餘韻，陳建華的詩受到波德萊爾的啟
發，可以說是當代詩中最早出現的現代主義作品，但這些作品
的閱讀範圍當時只在極小的朋友圈子內，直到1990年代才廣為
流傳。1970年代初的北京，出現了更具衝擊力的當代詩寫作：
根子（1951- ）以極端的現代主義姿態面對一個幻滅而絕望的世
界，而多多（1951- ）詩中對時代的觀察和體驗也遠遠超越了同
時代詩人的視野，成為中國當代詩史上的靈魂人物。

　　對我來說，當代詩的概念，大致可以理解為對以北島
（1949- ）和舒婷（1952- ）等人為代表的朦朧詩的銜接，其轉
化與蛻變的意味值得關注。朦朧詩的出現，從某種意義上可以
看作官方以招安的形式收編民間詩人的一次努力。根子、多多
和芒克（1951- ）的寫作自始未被認可為朦朧詩的經典，既然
連出現在《詩刊》的可能都沒有，也就甚至未曾享受遭到批判
的待遇，直到1980年代中後期才漸漸浮出地表。我們應該可以
說，多多等人的文化詩學意義，是屬於後朦朧時代的。才華出

総序　朝向漢語的邊陲／003

眾的朦朧詩人顧城在1989年六四事件後寫出了偏離朦朧詩美學
的《鬼進城》等傑作，不久卻以殺妻自盡的方式寫下了慘痛的
人生詩篇。除了揮霍詩才的芒克之外，嚴力（1954-）自始至
終就顯示出與朦朧詩主潮相異的機智旨趣和宇宙視野；而同為
朦朧詩人的楊煉（1955-），在1980年代中期即創作了《諾日
朗》這樣的經典作品，以各種組詩、長詩重新跨入傳統文化，
由於從朦朧詩中率先奮勇突圍，日漸成為朦朧詩群體中成就最
為卓著的詩人。同樣成功突圍的是游移在朦朧詩邊緣的王小妮
（1955-），她從1980年代後期開始以尖銳直白的詩句來書寫個
人對世界的奇妙感知，成為當代女性詩人中最突出的代表。如
果說在1970年代末到1980年代初，朦朧詩仍然帶有強烈的烏托
邦理念與相當程度的宏大抒情風格，從1980年代中後期開始，
朦朧詩人們的寫作發生了巨大的轉化。

　　這個轉化當然也體現在後朦朧詩人身上。翟永明（1955-）
被公認為後朦朧時代湧現的最優秀的女詩人，早期作品受到自
白派影響，挖掘女性意識中的黑暗真實，爾後也融入了古典
傳統等多方面的因素，形成了開闊、成熟的寫作風格。在1980
年代中，翟永明與鐘鳴（1953-）、柏樺（1956-）、歐陽江河
（1956-）、張棗（1962-2010）被稱為「四川五君」，個個都
是後朦朧時代的寫作高手。柏樺早期的詩既帶有近乎神經質的
青春敏感，又不乏古典的鮮明意象，極大地開闊了漢語詩的表
現力。在拓展古典詩學趣味上，張棗最初是柏樺的同行者，爾
後日漸走向更極端的探索，為漢語實踐了非凡的可能性。在
「四川五君」中，鐘鳴深具哲人的氣度，用史詩和寓言有力地

書寫了當代歷史與現實。歐陽江河的寫作從一開始就將感性與理性出色地結合在一起，將現實歷史的關懷與悖論式的超驗視野結合在一起，抵達了恢宏與思辨的驚險高度。

後朦朧詩時代起源於1980年代中期，一群自我命名為「第三代」的詩人在四川崛起，標誌著中國當代詩進入了一個新階段，1980年代最有影響的詩歌流派，產自四川的佔了絕大多數。除了「四川五君」以外，四川還為1980年代中國詩壇貢獻了「非非」、「莽漢」、「整體主義」等詩歌群體（流派和詩刊）。如周倫佑（1952-）、楊黎（1962-）、何小竹（1963-）、吉木狼格（1963-）等在非非主義的「反文化」旗幟下各自發展了極具個性的詩風，將詩歌寫作推向更為廣闊的文化批判領域。其中楊黎日後又倡導觀念大於文字的「廢話詩」，成為當代中國先鋒詩壇的異數。而周倫佑從1980年代的解構式寫作到1990年代後的批判性紅色寫作，始終是先鋒詩歌的領頭羊，也幾乎是中國詩壇裡後現代主義的唯一倡導者。莽漢的萬夏（1962-）、胡冬（1962-）、李亞偉（1963-）、馬松（1963-）等無一不是天賦卓絕的詩歌天才，從寫作語言的意義上給當代中國詩壇提供了至為燦爛的景觀。其中萬夏與馬松醉心於詩意的生活，作品惜墨如金但以一當百；李亞偉則曾被譽為當代李白，文字瀟灑如行雲流水，在古往今來的遐想中妙筆生花，充滿了後現代的喜劇精神；胡冬1980年代末旅居國外後詩風更為逼仄險峻，為漢語詩的表達開拓出難以企及的遙遠疆域。以石光華（1958-）為首的整體主義還貢獻了才華橫溢的宋煒（1964-）及其胞兄宋渠（1963-），將古風與現代主義風尚

奇妙地糅合在一起。

　　毫不誇張地說，川籍（包括重慶）詩人在1980年代以來的中國詩壇佔據了半壁江山。在流派之外，優秀而獨立的詩人也從來沒有停止過開拓性的寫作。1980年代中後期，廖亦武（1958-）那些囈語加咆哮的長詩是美國垮掉派在中國的政治化變種，意在書寫國族歷史的寓言。蕭開愚（1960-）從1980年代中期起就開始創立自己沉鬱而又突兀的特異風格，以罕見的奇詭與艱澀來切入社會現實，始終走在中國當代詩的最前列。顯然，蕭開愚入選為2007年《南都週刊》評選的「新詩90年十大詩人」中唯一健在的後朦朧詩人，並不是偶然的。孫文波（1956-）則是1980年代開始寫作而在1990年代成果斐然的詩人，也是1990年代中期開始普遍的敘事化潮流中最為突出的詩人之一，將社會關懷融入到一種高度個人化的觀察與書寫中。還有1990年代的唐丹鴻（1965-），代表了女性詩人內心奇異的機器、武器及疼痛的肉體；而啞石（1966-）是1990年代末以來崛起的四川詩人，以重新組合的傳統修辭給當代漢語詩帶來了跌宕起伏的特有聲音。

　　1980年代的上海，出現了集結在詩刊《海上》、《大陸》下發表作品的「海上詩群」，包括以孟浪（1961-）、郁郁（1961-）、劉漫流（1962-）、默默（1964-）、京不特（1965-）等為主要骨幹的以倡導美學顛覆性及介入性寫作風格的群體，和以陳東東（1961-）、王寅（1962-）、陸憶敏（1962-）等為代表的較具學院派知性及純詩風格的群體，從不同的方向為當代漢語詩提供了精萃的文本。幾乎同時創立的

「撒嬌派」，主要成員有京不特、默默、孟浪等，致力於透過反諷和遊戲來消解主流話語的語言實驗，也頗具影響。無論從政治還是美學的意義上來看，孟浪的詩始終衝鋒在詩歌先鋒的最前沿，他發明了一種荒誕主義的戰鬥語調，有力地揭示了歷史喜劇的激情與狂想，在政治美學的方向上具有典範性意義。而陳東東的詩在1980年代深受超現實主義影響，到了1990年代之後則更開闊地納入了對歷史與社會的寓言式觀察，將耽美的幻想與險峻的現實嵌合在一起，鋪陳出一種新的夢境詩學。1980年代的上海還貢獻了以宋琳（1959-）等人為代表的城市詩，而宋琳在1990年代出國後更深入了內心的奇妙圖景，也始終保持著超拔的精神向度。1990年代後上海崛起的詩人中最引人注目的是復旦大學畢業後定居上海的韓博（黑龍江，1971-），他近年來的詩歌寫作奇妙地嫁接了古漢語的突兀與（後）現代漢語的自由，對漢語的表現力作了令人震驚的開拓。還有行事低調但詩藝精到的女詩人丁麗英（1966-），在枯澀與奇崛之間書寫了幻覺般的日常生活。

　　與上海鄰近的江南（特別是蘇杭）地區也出產了諸多才子型的詩人，如1980年代就開始活躍的蘇州詩人車前子（1963-）和1990年代之後形成獨特聲音的杭州詩人潘維（1964-）。車前子從早期的清麗風格轉化為最無畏和超前的語言實驗，而潘維則以現代主義的語言方式奇妙地改換了江南式婉約，其獨特的風格在以豪放為主要特質的中國當代詩壇幾乎是獨放異彩。而以明朗清新見長的蔡天新（1963-）雖身居杭州但足跡遍布五洲四海，詩意也帶有明顯的地中海風格。影響甚廣的于堅

（1954-）、韓東（1961-）和呂德安（1960-）曾都屬於1980年代以南京為中心的他們文學社，以各自的方式有力地推動了口語化與（反）抒情性的發展。

朦朧詩的最初源頭，中國最早的文學民刊《今天》雜誌，1970年代末在北京創刊，1980年代初被禁。「今天派」的主將們，幾乎都是土生土長的北京詩人。而1980年代中期以降，出自北京大學的詩人佔據了北京詩壇的主要地位。其中，1989年臥軌自盡的海子（1964-1989）可能是最為人所知的，海子的短詩尖銳、過敏，與其宏大抒情的長詩形成了鮮明對比。海子的北大同學和密友西川（1963-）則在1990年後日漸擺脫了早期的優美歌唱，躍入一種大規模反抒情的演說風格，帶來了某種大氣象。臧棣（1964-）從1990年代開始一直到新世紀不僅是北大詩歌的靈魂人物，也是中國當代詩極具創造力的頂尖詩人，推動了中國當代詩在第三代詩之後產生質的飛躍。臧棣的詩為漢語貢獻了至為精妙的陳述語式，以貌似知性的聲音扎進了感性的肺腑。出自北大的重要詩人還包括清平（1964-）、西渡（1967-）、周瓚（1968-）、姜濤（1970-）、席亞兵（1971-）、冷霜（1973-）、胡續冬（1974-）、陳均（1974-）、王敖（1976-）等。其中姜濤的詩示範了表面的「學院派」風格能夠抵達的反諷的精微，而胡續冬的詩則富於更顯見的誇張、調笑或情色意味，二人都將1990年代以來的敘事因素推向了另一個高度。胡續冬來自重慶（自然染上了川籍的特色），時有將喜劇化的方言土語（以及時興的網路語言或亞文化語言）混入詩歌語彙。也是來自重慶的詩人蔣浩

（1971-）在詩中召喚出語言的化境，將現實經驗與超現實圖景溶於一爐，標誌著當代詩所攀援的新的巔峰。同樣現居北京，來自內蒙古的秦曉宇（1974-），也是本世紀以來湧現的優秀詩人，詩作具有一種鑽石般精妙與凝練的罕見品質。原籍天津的馬驊（1972-2004）和原籍四川的馬雁（1979-2010），兩位幾乎在同齡時英年早逝的天才，恰好曾是北大在線新青年論壇的同事和好友。馬驊的晚期詩作抵達了世俗生活的純淨悠遠，在可知與不可知之間獲得了逍遙；而馬雁始終捕捉著個體對於世界的敏銳感知，並把這種感知轉化為表面上疏淡的述說。

　　當今活躍的「60後」和「70後」詩人還包括現居北京的莫非（1960-）、殷龍龍（1962-）、樹才（1965-）、藍藍（1967-）、侯馬（1967-）、周瑟瑟（1968-）、朱朱（1969）、安琪（1969-）、王艾（1971-）、成嬰（1971-）、呂約（1972-）、朵漁（1973-），河南的森子（1962-）、魔頭貝貝（1973-），黑龍江的潘洗塵（1964-）、桑克（1967-），山東的宇向（1970-）孫磊（1971-）夫婦和軒轅軾軻（1971-），安徽的余怒（1966-）和陳先發（1967-），江蘇的黃梵（1963-）、楊鍵（1967），浙江的池凌雲（1966-）、泉子（1973-），廣東的黃禮孩（1971-），海南的李少君（1967-），現居美國的明迪（1963-）等。森子的詩以極為寬闊的想像跨度來觀察和創造與眾不同的現實圖景，而桑克則將世界的每一個瞬間化為自我的冷峻冥想。同為抒情詩人，女詩人藍藍通過愛與疼痛之間的撕扯來體驗精神超越，王艾則一次又一次排練了戲劇的幻景，並奔波於表演與旁觀之間，而樹才

的詩從法國詩歌傳統中找到一種抒情化的抽象意味。較為獨特的是軒轅軾軻，常常通過排比的氣勢與錯位的慣性展開一種喜劇化、狂歡化的解構式語言。而這個名單似乎還可以無限延長下去。

1989年的歷史事件曾給中國詩壇帶來相當程度的衝擊。在此後的一段時期內，一大批詩人（主要是四川詩人，也有上海等地的詩人）由於政治原因而入獄或遭到各種方式的囚禁，還有一大批詩人流亡或旅居國外。1990年代的詩歌不再以青春的反叛激情為表徵，抒情性中大量融入了敘述感，邁入了更加成熟的「中年寫作」。從1980年代湧現的蕭開愚、歐陽江河、陳東東、孫文波、西川等到1990年代崛起的臧棣、森子、桑克等可以視為這一時期的代表。1990年代以來，儘管也有某些「流派」問世，但「第三代詩」時期熱衷於拉幫結夥的激情已經消退。更多的詩人致力於個體的獨立寫作，儘管無法命名或標籤，卻成就斐然。1990年代末的「知識分子寫作」與「民間寫作」的論戰雖然聲勢浩大，卻因為糾纏於眾多虛假命題而未能激發出應有的文化衝擊力。2000年以來，儘管詩人們有不同的寫作趨向，但森嚴的陣營壁壘漸漸消失。即使是「知識分子寫作」的代表詩人，其實也在很大程度上以「民間寫作」所崇尚的日常口語作為詩意言說的起點。從今天來看，1960年代出生的「60後」詩人人數最為眾多，儼然佔據了當今中國詩壇的中堅地位，而1970年代出生的「70後」詩人，如上文提到的韓博、蔣浩等，在對於漢語可能性的拓展上，也為當代詩作出了不凡的探索和貢獻。近年來，越來越多的「80後詩人」在前人

開闢的道路盡頭或途徑之外另闢蹊徑,也日漸成長為當代詩壇的重要力量。

　　中國當代詩人的寫作將漢語不斷推向極端和極致,以各異的嗓音發出了有關現實世界與經驗主體的精彩言說,讓我們聽到了千姿萬態、錯落有致的精神獨唱。作為叢書,《中國當代詩典》力圖呈現最精萃的中國當代詩人及其作品。第二輯在第一輯的基礎上收入了15位當代具有相當影響及在詩藝上有所開拓的詩人。由於1960年代出生的詩人在中國當代詩壇佔據的絕對多數,第二輯把較多的篇幅留給了這個世代。在選擇標準上,有多方面的具體考慮:首先是盡量收入尚未在台灣出過詩集的詩人。當然,在這15位詩人中,也有少數出過詩集,但仍有令人興奮的新作可以期待產生相當影響的。即便如此,第二輯仍割捨了多位本來應當入選的傑出詩人,留待日後推出。願《中國當代詩典》中傳來的特異聲音為台灣當代詩壇帶來新的快感或痛感。

目次

第八輯 | 2008

第九輯 | 2010

第一輯

1
9
9
7

青城詩章

若是大師使你們怯步
不妨請教大自然

──荷爾德林

進山

請相信黃昏的光線有著濕潤的
觸鬚。懷揣古老的書本　雙臂如槳
我從連綿數里的樹蔭下走過
遠方漫起淡淡的彌撒聲。一叢野草
在漸濃的暮色中變成了金黃
堅韌　閃爍　有著難以測度的可能。
而吹拂臉頰的微風帶來了錚鏦的
泉水、退縮的花香　某種茫茫蒼穹的
灰塵。「在這空曠的山谷待著多好！」
一隻麻鷯歇落於眼前滾圓的褐石
寂靜、隱秘的熱力彎曲它的胸骨
像彎曲粗大的磁鍼。我停下來
看樹枝在瞑色四合中恣意伸展──
火焰真細密　繪出初夜那朦朧的古鏡。

滿月之夜

現在　我不能說理解了山谷

理解了她花瓣般隨風舒展的自白

滿月之夜　灌木叢中瓢蟲飛舞

如粒粒火星散落於山谷濕潤的皺褶

有人說：「滿月會引發一種野蠻的雪……」

我想　這是個簡樸的真理：在今夜

在凜冽的沉寂壓彎我石屋的時候。

而樹枝陰影由窗口潛入　清脆地

使我珍愛的橡木書桌一點點炸裂

（從光滑暗紅的肘邊到粗糙的遠端）

曾經　我晾曬它　於盈盈滿月下

希望它能孕育深沉的、細浪翻捲的

血液　一如我被長天喚醒的肉體

遊蕩於空谷　聽山色暗中沛然流泄

雷雨

被一根充滿靜電的手指緩緩地

撫摸　沒有不安。這是先兆：

山谷中的雷雨來得總是那麼自然！

微風催促微褐、溫存的指頭

沙沙地　　將萬物包裹的細小靈魂

從裡到外摸了個遍：黃葉肥大

漿果正把油亮的脂液滴落如絨的苔蘚……

接著　　雷雨會在漸漸空闊的身體裡

升起、釋放　　引發出山谷巨大嗡鳴的震顫

也許　　這裡的雷雨與別處沒什麼不同

我能肯定的是　　幽暗與明亮交錯的山谷裡

雷雨會使飛鳥的骨骼變得硬朗

而彷彿突然間冒出的花花草草

在喊：「嗨　　讓我流水般活上一千年！」

黎明

勿需借助孤寂裡自我更多的

沉思　　勿需在鏡中察看衰老的臉

其實　　那鏡子也和山谷的黎明

一樣朦朧。今天的黎明就是

所有的黎明。露水、草霜、清淨山石

偶爾會洩露礦脈烏黑的心跳。

「你未來之前它就這樣做了。」
現在　你是一粒微塵溶在黎明裡
築一間石屋　只是為了更為完滿地
體驗肉體的消亡　體驗從那以後
靈魂變成一個四面敞開的空間：
昆蟲、樹木在這裡聚會、低語
商議迎接沐風而至的新來者
就像鏡子迎接那張光芒四射的臉。

野蘋果樹林

石屋背後的山坡上　有一片
野蘋果樹林。大概占了半畝地左右吧
去年　我用山溪裡搬來的圓石
壘堆石屋時　還不覺什麼異樣。
今年春天　一個藍霧散盡的清晨
山谷才指點給我這美妙的景觀：
密密匝匝的白花如浴女羞怯的凝脂
正在屋後攝魂地晃閃……「怎麼這樣粗心呢
即使作了祕密之美的鄰居也不知曉？」
我想：不能隨便去探訪這片果林

要等到初夏　一個大風驟起的黃昏
當成熟的果子劈劈啪啪墜落屋頂
我會飲著溪水　品嘗那賜予我的
直到一種甜澀的滋味　溶在骨髓裡面……

交談

今天是個晴和、新鮮的日子
撥開齊腰深的草叢　在山谷裡
我找到了那些鳥蛋藍幽幽的聲音：
暗褐是野鴿的　銀白是雷鳥的。
作為山谷中萬千事物恬靜的一員
我站得如此之近　又深深注視著……
或許　我真的領悟了植物們
潦亂中的精確有序　領悟了動物
溫順隱忍、但又迥然相異的命運──
瞧　山體裡潛伏的鎢礦正沙啞地
悸動　其額頭潤澤、堅韌……
而當我試著與周圍徹夜地交談
那雙宏大之手就會使一切變得簡拙
像流泉　轟的一聲將星空、微塵點燃。

尺度

晌午　坐在巨松敞開胸襟的
樹冠下　像一隻搖晃但又緘默的土甕。
我肯定那不為人知的力量
已緩緩向我靠近：如果說枝間的蛛網
懸垂　如清晨的露珠閃亮
那也是這易碎的物事有著向光的屬性。
坐下來　想想　在狹長的山谷裡
在那些綠絨絨苔蘚覆蓋的山石上
我曾發現幾個巨大而深陷的腳印
似乎那習慣於處理宏大事物的手
已在不可能預想的細微處留下證明：
多麼不同的尺度！幾絡濕亮的蛛網
幾個曾將山谷視為兒戲的腳印——
你聽　空中總有悶雷碾過的軋軋之聲

氣流

秋冬之交　山谷被氣流襲擊
黃色的、白色的氣流裏走了遠景與近景

一切都在模糊的光陰裡動搖

看不見距我七步之遙的流泉

卻反復聽見那響聲　　一定有什麼

在恬靜地掰開它輕盈無比的骨骼

細數、玩味　　這感覺我也體會過

當長夜的食肉動物啃齧石屋的牆角

我躺著　　因為某種久遠的靜寂

腐爛的風中突然升起了絢麗的繁星！

哦　　山谷孕育的一切必將衰老

包括她對我強大無比的蔑視、關心

那時　　我們因這渾濁氣流共同經受的

也許會隨黝亮的泉水慢慢澄清

小動物的眼睛

老實說　　對於山谷中的小動物

我心懷愧疚　　無法直面它們的眼睛

那裡面有紫色的霧（沙沙流曳著）

有善意的、並將在膽怯中永恆存在的

探詢。當暮色伴我回到石屋

它們就出現　　於眾多暗處

創造我　且期待比那皺褶、潮濕的
樹皮　人能給出更為堅定的音訊。
我知道　即使躲進隨手翻開的書裡
它們也會在語詞的空白處探出頭來
望著我　低語將要蒙受的羞辱、泥塵。
是的　到了牙齒一顆顆疏鬆、脫落的晚年
我還會記起這一切　堅持著
並用靈魂　應答那再度斂聚的童真

墳塋‧雜樹林

離石屋大約兩公里的山坳裡
有座破敗得難以辨識的墳塋
幾塊粗礪的亂石散落著　換個角度
卻又顯露出一種祕密佈置的精心
尤其是雨後　當懷著清亮、固執的
念頭　走進左側那片茂密的雜樹林時
就有低微的、富有磁性的聲音
從右側傳來　溶入身體最柔軟的部分。
我相信　這一切都經過深思熟慮
包括我的出現　包括不能詳盡描繪的

也許是剛剛湧顯的這片扇形雜樹林
在這裡　一些成員已古老得枝幹發黑
另一些　被頭頂漏泄的光線搖曳著
那葉片　正如嬰兒肌膚般翠綠、透明

岩蝶

即使青銅色的岩蝶在每一樹枝上
喁啾（它們被山谷的靜謐鼓蕩著）
我也不會把這裡當作未來生活的起點。
想一想　在蒙昧的心靈和微塵間
山谷奉獻出比落日還要金黃的舞蹈
奉獻出尺度、兩種完全不同的時間：
雨後腐葉覆蓋的山路經不起響聲
卻代表童年　緘默　不可觸摸
它沒有任何秘道通向混沌的現在
一如陰影難以接近焚燒的清泉。
想一想　只有它們才是真實的。
三十年後有人會蒙著臉找到這裡來
看見和岩蝶大聲交談的仍是那個影子
多麼奇異　彷彿一切都來不及改變。

亮處

這樣的夜晚　我會步出石屋
到山谷被月色洗淨的每一亮處去
那裡　有我已很熟悉的風物
它的體溫、柔髮　鼻尖上的褐斑
以及低沉嗓音中慢慢變黑的霜漬
我都很清楚。但我還是要拜謁它們
像第一次那樣　不放過任何一處——
也許　就在前面最平凡的荊棘叢裡
久已失掉音訊的友人會突然冒出來
抱著一捆枯枝　雙眼朝氣勃勃……
「不止一次了！」濕潤的山脊上
我遠眺著彷彿降落在石屋頂上的月亮
橙黃、渾圓　驚異於自己的變化：
粒粒星宿　從胸脅間緩緩踱出……

日常生活

我說　山谷的日常生活是綿長的
在清風撫唱的秋日裡收集漿果

抱回幹得可以燃燒的枯枝
（它們常被野獸的皮毛溫暖得發抖）
這是生活；讓濕滑的山石絆上一跤
爬起來　揉揉紅腫的膝蓋
然後一腳踢開跌出的、不中用的老骨頭
這是生活；夜讀　感受石屋的
蔭涼　以及犁鏵翻開的鐵灰色寂靜
這是生活；從這片榛樹林縫隙望出去
落日正拍打著幽深的、細浪如雪的大海
像一個永恆的幻覺　這也是生活；
如果允許　心象會比大海更大、更濕潤
「它的千秋微響　本是一股承諾之火！」

無題

忘不了野葡萄那紫藍鬱鬱的顏色：
源自肌膚的渴意和夢想
薰染　沉迷　張開焰火的手指
並不攫取　只是緩緩將一切搖晃
瞧　山谷的憂鬱開始充溢微芒
那顆歇息斑鳩的香樟仍是香樟吧

且是最為遲疑的一棵？看起來

斑鳩的彩羽綻放得不可思議

如此絢爛　超出了愛、理智的設想——

當然　更不可能有心如死灰的人

走過香樟　滿嘴野葡萄溫熱的

汁液　顱內卻降下凜冽的白霜

想一想　遠方暗香拂動的月影裡

夜初生　露水亦有沉沉的重量……

饋贈

山谷給我的最重要的饋贈

不是詞語　不是夜露打濕的大小物事中

那多音節虹彩、寂靜的祕密完成

甚至　它永遠不會是眺望

不會是低矮星空和咚咚心跳的地表

之間　那夾雜火星的鬆軟煙雲

（當我燃起篝火　烘烤暗月和我

潔淨的肉體　這煙雲就更濃厚了

它發出咻咻的、埋頭飲水的聲音）

昨晚　在山風疏散低回的夢中

山谷是一個目光剛毅、耿直的老人
而清晨　時間的濃霧散開
我看見滿山谷碩大、紅豔的喇叭花
這滴滴熱血　怒放著異常堅韌的柔順……

琴鳥

銀灰與淡綠駁雜的灌木林裡
一隻琴鳥　淡淡暮色中遺立
它籟籟顫晃而又寂若不動的羽毛
彷彿正從另一個夢中長出來
這麼鮮亮　散發出紅銅才有的憂鬱
關於它　我沒有更多的可告訴你
一如在它面前喚起的舊事
只留下童年幾次清新而讓人心疼的
遭遇（那時驚奇與蒙昧完美地組成
夢境　黃黃的桐花總是落滿一地）
然而　它是我忠貞不渝的朋友
除了幼神一樣的清鳴　我熟悉琴鳥
所有的祕密　而它的叫聲究竟怎樣？
我等著　直到天色緩若水流地暗下去……

幼鷹

一頭幼鷹滑過澄朗的山谷

那投在地面並被反復折疊、移動的

是比它龐大數倍的陰影　高處

陽光摩娑著青輝色的鋼鐵尖嘴

一顆熾熱、泵動的心　一雙

冷峻的比雷電還要迅疾的眼睛

如果時間允許　它的一生不會虛度

通過奇異的練習　嘯叫、俯衝

賜予獵物精確得令人咋舌的命運

或者　在掉光樹葉的禿枝上歇息

看見遠方另一隻純白而朦朧的巨鳥

彷彿天堂落下的一朵雪花。它想下來

與這只溫柔的無名之鳥結成伴侶

到巨大陰影中去　緘默著示威、遊行……

大鼓

寂靜之藍親吻著山谷的每一角落

在這裡　在滿坡亂石和金銀花中

生命的思慮已顯得非常多餘。

花香和塵土　不是把血管塞得滿滿的嗎

而大風鞣製的胸口　如同野牛

粗朴的皮　上面有烈焰細緻的紋路

也有星空沉重得要墜下去的憂戚

你不是可以把它擂得咚咚地響嗎

彷彿擂一面暴雨的大鼓。是的

純潔的生命中　該來的終將會來

而已經來到的也將謙恭地駐留下去！

當花香掀開身下那塊沉沉的石頭

一隻黑色巨蠍徑直無聲地爬了過來

我澄澄迎著它　眼裡沒有恐懼。

激流與峭壁之間　有一棵松樹

激流與峭壁之間

你幾乎不存在　卻異常圓滿

這符合山谷的秉性——

依靠一棵松樹隱秘、純淨的

呼吸　閃色的果肉出現

你出現　松針的清鳴出現

當樹漿從高處引回的時候

我認不出這簇新、古老的面龐

恍若另一面鏡子　巨大、渾圓

由細密的山露簌簌凝聚而成。

那鏡像中有只犄角（綠色）

變幻的氣息比我更為強烈

拂一拂　嘩啦啦喧響。空氣

多謙恭　有肉體移動的溫暖！

打盹

有時　我在山谷的凹處坐著

打盹　讓熙風輕柔地拂過野草

拂過倦意的指尖（這凹處的

野草總是又茂盛、又新鮮）

誰都知道　隆冬來臨的日子

雪花會靜靜從另一空間飄落

將凹處填平（提示某種循環）

是呀　天地間那悠遠的古意

盛大　反復浸潤事物粗礪的臉龐

（它可知道　草根會漸漸轉暗？）

此時　天光編織著淺淺的睡意
恍惚中　我看見另一個我
自軀體裡跨出　大笑著
倒進草叢　滿身綠光盎然……

在

雨後的林子裡　綠葉如洗
就在那沉沉的、甜中發暗的廣大氣息中
肯定有我輕輕翕動的鼻翼；
空中　一束束光被看不見的磁力
聚攏、賦予虹彩　注入黝亮的雙眸；
甚至　當松濤顫鳴著黎明的山谷
我的耳朵就是盛納呼應的區域……
哦　這些生命的器官都曾遺失
（那時我住在遠方　喝著冰水
想像無邊的落日）而在亙古的山谷裡
我每日都有重新找回它們的欣喜——
如有耐心　還會找到締結歲月的核
奇異、柔軟的核　會慢慢長成果實
它告訴我：生命　不是一種距離！

真實

散步於藍色月光和森嚴險峻的

山影　我心明如鏡

這山谷　這腳下微微喘息的幽僻山徑

將順著斜坡把無言的真實登臨？

就在頭頂三寸高的樹枝上

一團團濕漉漉的蛛絲拂面垂下

送來紅塵那苦杏仁味的清新

這是一株隨處可見的落葉喬木吧

可能　我體內有一面孔淡紅的嬰孩

希冀著在這樣的夜色中蘇醒——

它是仁慈　一粒烏亮緊縮的堅果

或是那永遠都無法面世的豐盈、無名？

你看樹脂在前方孤獨地分泌

更遠處　響起未來咚咚心跳的聲音……

山中靜湖

翻過這道胭脂色火葉岩的斜坡

就會看到湖水　一個幽深的所在

湖岸的綠色灌木濃密得無法插足

似乎要把一切噪音擋在意識外面

我驚訝於湖面沒有一絲水霧

水這麼藍　藍得足以刺酸飛鳥的雙眼

我想　這就是童年夢見過的那面鏡子了

由浩淼星空綿綿的意志製成

卻從來、從來不肯掀起半點波瀾：

如果把雙手浸入這寂然不動的湖水

那醇厚的寒意　是否會像隱形之火

猛然咬斷貪婪的手腕？想一想

山谷把它、長天共擁進溫暖的懷裡

經歷了漫漫歲月　卻從來沒有厭倦──

歲月

晚上　我像一團靜謐的火光躺著

聽石屋外時近時遠的蟲鳴

如果是初春　空氣就收縮

蓋住蟲鳴的將是新葉綻放的劈叭聲：

經過山風日復一日的拍打

這石屋的顏色已愈來愈黯淡、沉穩。

嗡嗡響的屋頂會有某物竄過

雙眼綠螢螢的　在月光下舞蹈

它是否領略過山谷無限循環的過程呢？

當一切若有所思　我會奉獻出什麼

一如暢飲過的山泉在腹腔中迴旋、

升騰　並化為山谷廣闊的體溫……

哦　能保持自然流暢的謙恭真好

我躺著　聽萬物隱秘的熱力火光沉沉

音柱

可以設想　山谷的另一角落

那寒冷的白色音柱將被某人分享

這是臘月　他陶醉、噤聲

傍著山體裡鋥亮黝黑的鎢礦

「如此曠逸之人期待著未竟之物！？」

在烏鴉略帶金屬氣味的尾音中

我非頑石　亦有新穎的血

沾沾地在白雪覆蓋的山溪裡流淌

山溪長久　忍冬花簌簌淺唱

目睹著……這同樣可以設想

曾有一刻　他來了又匆匆逝去
恍若一支箭穿過顫鳴的巨大空茫
讓我解開時辰薄薄的衣襟吧
搓暖了手　摸摸音柱彎月形的心臟

曾有數次　我被月色驚起

曾有數次　我被月色驚起
那沉沉壓在身上的粘稠而模糊的
喘息　是一頭無辜之獸的喘息
它在不為人知的黑暗中誕生
聳著肩　雙爪陷進我蟬翼般的胸骨裡
而今我醒來　感到鑽石一樣的月光
會倏然洞穿身邊裸露、顫搖的一切
它會化為青煙？或隱著形不肯離去？
總有一天　我會看清它的面目
如認識自己。還是到月色澄朗的外面去吧
散步、細細思忖每一卑微的事物
且把它作為漫漫睡眠的永久祕密——
而當我再一次睡去　月亮沉落
它　已是暗星與天邊曦光細密的結合體。

哦　海倫

秋日山谷的微風貼著滿坡亂石
吹送　它也吹著溪流裡黯淡的落花
吹著水流深處若隱若現的痛──
哦　纏裹於胸口的點點鏽跡
泅開　像塵埃飄向往事無數細小的眼簾
它的輕盈　即是萬物變遷之重。
而漿果在浩大而低沉的吹鳴中閃現
隨著風的纖足把樹梢踩得彎了、又彎
你會看見飄移的大海、著火的星空⋯⋯
哦　升起！噓噓火舌中升起的海倫
潔淨、滾圓　有一對野葡萄似的眼瞳！
她歌頌隱秘的熱力觸及花之
骨朵　如同秋光靜靜照耀滿坡亂石
他說：「臨風之石會醒來、嘎嘎滾動⋯⋯」

抒情

山谷　請允許我　允許我
將你每一寸健美、粗礪的肌膚動用

如果五月再度來臨（山影變藍）

我就是你濕潤的腿彎　是不安而火紅的

山楂樹叢　我會在舞蹈中呼喊：

「大汗淋漓的日子快來　痛快地來！」

即使長夜不去　我也不後悔

因為你會允許將更祕密的事物動用！

譬如沉鐘的幼獸心臟　譬如

頭頂那嘩啦啦綻放青花的浩淼星空

甚至　我就是夜露墜落的一次靜霎

是你的健康　是你甜蜜而危險的山風……

噢　山谷　我是愛你的呀　請允許

我與你有同樣樸拙而深沉的脈動！

守護神

讓我再一次說出溫熱的月光

當深秋的黑夜給山谷帶來了些許

寒涼　我想像月光是橙子濃濃的汁液

（天空中只有一個金黃、渾圓的甜橙）

想像它是草根裡紅色電流的激盪

（幼獸輕撫草根　骨節叭叭直響）

催我在秋夜不停勞作的是命運

噢　月亮　我的守護神　讓勞作

慢慢烘烤、驅散你孤單的遲疑吧

有一天　我會躺在山谷永久睡去

只為成為另一個眾神樂意品嘗的甜橙

成為駐留於塵土深處的微型月亮

我說：你聽見了我謙卑的手指還在靜靜生長嗎

它是你肉裡的新芽　是春草喧嘩的跡象

象徵

這山谷絕非象徵

因為我觸摸到了

這山谷絕非象徵

因為我觸摸到了它憂鬱的眼神

這山谷絕非象徵

因為有一瞬我觸摸到了它憂鬱、熱烈的眼神

這山谷絕非象徵

因為這一瞬即是眼神變成刀子的一瞬

這山谷絕非象徵

因為刀子埋進肉裡有一生那麼長

這山谷絕非象徵

因為刀子會吱吱叫　發出牛蒡花的聲音

哦　這山谷絕非象徵

因為刀子終將熔化且化為血流、沉靜。

1997年5-7月於成都

第二輯

1
9
9
8

沐浴

個人的。純私有的。

他們生活的疆域。

——自題

想像的暴雨感應著籲請而降臨，

隔著落日，在藍光大廈B座5F秘室裡，

她黝暗的大部分時光用於沐浴。

真實、發燙的乳白色蒸汽，一面大而

微凸的鏡子，將晃動的空間攬在懷中。

（鏡楣那一排小楷是何時刻上去的？）

讓許許多多物事滴嗒滴嗒地流逝吧，

微微甜膩的糕點，一片扇形區域，

細小傴伏的褐色與雜色，層層捲縮的花蒂……

（「花蒂」事實上是一暗喻。它指向

一個敏感的辭彙、兩三種混雜的情感）

「不要抱怨……」她祈求你的目光，

順著裸圓的肩頭澗溪一樣沖刷而下：

捂住胸口，捂住鏡子裡隱隱波動的草地。

讓一場浩蕩的春風在空闊的頭顱裡吹鳴吧，

喚醒蒙塵的記憶，卻不帶來絲毫寒冷，

也不使身體顫慄。這樣的瞬間，

完全不是暗夜將曇花骨骼取走的祕密時刻，
也不是某種心悸。如果撩起濕布簾，
你會窺見水泥峽谷裡另一亮閃閃的世界，
瀝青馬路翻捲著黑色濕潤的波浪，
它簇擁的，是卑微中搓成了根根蛛絲的熱力：
「一輪圓月將在嗡鳴的城市上空照耀，
直到你的肌膚漸漸適應了一切，
並與所觸及的沒有距離。」哦，室內水聲
轉暗，窄小的通風窗百葉開始掉下
有些渾濁、但又是那麼溫柔的串串水滴──
她伸手承納這來自空朦而自然的敲打，
一如觸摸到開始發熱的身體裡
那時光的濃濃陰翳。「有點像一幅畫的空白，
並不表示什麼實存的事物，如山石、荊棘……」
但又有什麼不是由這樣的空白構成呢？
她由此而簇新！從一幅畫的空白走進鏡子，
手裡攥著一塊剛剛扯掉包裝紙的香皂，
芬芳、滑爽的乳酪，力士牌的。在那裡，
你可能悟出滯澀土星抑鬱的暗光：
連綿的光，因為火舌噓噓的性感、幻美，
正巧妙地將這間浴室所有銳角抹去！

「如果不懂得星空、幾何，請不要

走進道德的聯邦、哲學的漫漫春雨。」（柏拉圖）

而柏拉圖曾經藐視過的落日之愛，

在鏡子的虛景裡，確實僅僅是一塊無塵的山石，

或者，是不經意就把毒素注入血液的荊棘……

再說她從鏡像中歸來，變換了容貌，

披散的長髮已濕漉漉地纏繞在羊脂般的

腰間。力士牌香皂染上了別人怪異的體味，

不是柏拉圖，而是某個能將體味深深隱藏的人的。

這讓她莫名恐慌，從童年到現在，

她都弄不清是否可用身邊的實存之物來

譬喻他。或許，我們只能聯想到森淼的

夜色，一場淋在冥界卻與此地關聯的雨……

漸漸地，她領悟到一副寬闊於現實的肩膀（如父親）

必須對此有所拯救。他喝斥周遭的黑暗，

頭顱比胸腔還大，星球般荒蕪的頭顱，

晃動起來不需多少力氣。噴頭潺潺的水流中，

他的嗓音將是一股股深藍色光柱，

摩娑著一切，生動、完整。更關鍵的，

我們能手挽手再度出現在午夜闃寂的街頭，

把落葉踢得滿街飛，如鳥兒們微語：

他，代表幽靜而貼心的事物，除非在死亡中
你還固執地要求其靈魂與你一道
沐浴。而他是否在這裡將是一個祕密嗎？
這使她痛苦，雙眼湧出悲憫的淚水，
旋即又被一道道水流沖走。她渴望揉搓，
哪怕隔了多少年代，一如那場草綠色風暴，
永遠忠於她有些「糊塗的」肉體。1966年夏，
一位偉人意欲清洗歷史的宏願使之變得
可以接受，它要填充所有靈魂懦弱的蒼白，
進入、撼搖，激起濕滑的竊喜和恐懼。
可不是嗎？當母親正給十歲的你款款濯洗，
一群草綠色革命者闖入，母親尖聲嘶叫，
意味著她終於能面對祕密渴望的虛無，
只是結局難以預測……她可是在那時
決定成為你的？確實，置身生與死的
介面上，許多畫匠將共同調製你靈魂的顏料：
母親、巫童、宿敵，還有暗中致幻的陰影，
從微凸的鏡面上折射回來，帶著塵土、膨脹的
屋頂，一點一點緩緩聚集的對生活的信心，
有時它們清晰，如小腹上水波的扇形流淌；
有時卻突然停頓，一如昨日午夜，

那個從股市得意而歸的男子，手握生活的
保證，卻始終無法握穩你擺盪的腰肢。
而沐浴，將全面喚醒身子裡潛伏的城市，
它像一個浪子，無形地隨風而動。它的良心，
是純粹的代數：已知的是數據、方程，
未知的是一個人在個別淬火時刻的宿命——
色色電波將不知疲倦地騷擾一切，一如
將浴室鼓蕩、修葺的水蒸汽。究竟是哪部分空間
正衰老，長出蒼苔、角質化？它們
依靠死亡來與靈魂的空白和真實對峙！這
正好象徵了你的軀體：一部分肌膚
已與顏料的撫摸和解，在情慾急流中
「化」了；另一部分卻恰當地保持了蔑視、堅硬，
這靈魂的樹皮、指甲，會招斷你的夢，
讓沐浴中的沉醉也有足夠的卑微和警惕。
有時，你看見一雙刺青的大手從水流中
穿越而出，像樹枝從完整的樹冠斜逸，
它的職責是恢復陰影中一部分火焰、
一部分鳥鳴、還有夜空炙熱堅定的靜寂——
那眾多年代、地域的畫匠就此合成了一個，
將膻腥的顏料塗在粗布上，以指數曲線

安排你沐浴時的形體（在另一幅
藏於冥界的肖像畫中，你左邊臉頰過大
雙腿微曲，看上去是久患偏頭痛的模樣）。
當然，你知道自己也是眾多畫匠中的一個，
且有優先權處理靈魂的隱私和沉默。你說：
「聲音是天賜的，我沒打算改變它們。」
在這點上，你很誠實。我們確實可以愛你，
知道那拘謹、落寞的樣子並非你沐浴的真容，
她會更美、甚至讓鏡子也會不自覺地
有些唏噓。這情形一如我們從自身出發，
譴責某類窺探者：「讓愛能擁有它的失敗吧！」
阿那克雷翁：「愛情像鐵匠給我沉重打擊，
又把我浸在冰冷的泉水裡。」此話不能當真，
雖然此時它是鏡楣上唯一鐫刻的詩句，
你看清了，手也摸到了那細密、盲目的深深凹痕。
作為一種奇異的虹吸（有人說彩虹
就是上帝與人類締結盟約的見證），它向內
吸吮的力量使沐浴者的意識發生輕微塌陷，
不止是你，也包括那些在少女時代
同浴的漂亮傢伙，他們的厄運共同證明了這點。
而現在，你不能算老，也說不上年輕，

該塌陷的部分都已塌陷，依然好好活著
（出席一些較正式的場合，她慣於使用
菟絲牌胸墊），是沐浴，帶來較溫柔的沉思，
它最終的使命就是沖刷靈魂的爛樹樁，
讓你真切看見：榮耀、罌粟幻像、變味的
日常生活，都是肌體較虛弱的部分。
當它們變成滑膩的泡沫，潛回烏有之巢，
我們就有望在肉體裡開闢一非功利性地窖，
收容中途逃亡的聲音：「從最北端返回，
指南針跳動如鳥兒簌簌撲騰的翅翼。神祕
作為積極的無知，造成了四季精確輪迴。」
這就是面對塵世還有點自信的緣由吧，它不懼怕
局部的聾啞，彷彿是意志的原因
而非結果：肉身包容了大量折射回來的
魂魄，也是那面悄悄出現了皺紋的霧鏡──
「胸中忽明忽暗的星野因沐浴而熾熱，
那磁石一般的雙乳，未曾哺育蛙鳴的
嬰兒，卻樂於分開水流羞怯的嘩嘩之聲……」

（1998.5.1-3）

月相

那種幻想並沒有為我們非常現代的理智
解釋這個世界，但它喚醒了某種已被遺忘
的冥想方法，主要是如何終止意志，使思想
成為自動的，成為一種可能與幽靈交談的工
具。它將我們帶向變幻的道，我們學會了這
樣稱呼它。

——W.B.葉芝《幻象·獻辭》

月相及其晦暗的變化，
意味著一個人總是悄悄臨近的命運。
有人說：童年，只有童年，
你或我才可能與真實的命運遭遇——
在種種無知的驚奇裡，在鏡面上，
（鏡子似乎是由水銀的毒素凝聚而成。
另一種月亮！）這是怎樣的回憶呢？
小時候我特別喜歡看月亮，感到
陣陣輕微中毒的麻、癢，而藍澄澄的
夜氣，也總是精確地送來月之感傷：
一個時代的喧囂以唾棄、遺忘結束，
我活下來，暗自傾心某類病態的
打量：依靠熾熱胴體，不結實的美

仍在大地上傳遞？關鍵是闃寂的月下，
夢裡張腮呼吸的人們忘記了她，
卻又被她控制：潮汐在遠方回應著……
月圓之時……那個造反派吐出兩句髒話，
翻身推開如花似玉的老婆，
當了鐵匠：他說要把心中那折磨人的
東西敲打成銀盤，圓圓的，又軟
又亮，在呼啦啦打造投槍的火爐旁，
淬火後鑄成一對鋼鐵乳房。當然
那時我還不懂這裡面有種神經質──
「大概是鬼纏身吧。」後來某個月夜，
我看清了月亮上有隱隱約約的環形山脈，
（一根根神祕而寂寞的腰帶）
想起他曾給我講過水滸裡的英雄，
離開水泊梁山後都玩完了。為此，
我很快就原諒了他對父親的批鬥，
原諒了公社裡所有人對他的漸漸遺忘。
真的，那時我還小，只有四、五歲，
不知道周圍熱氣騰騰的一切會不會結束。
二十多年後的今天，我知道
它註定要在自我的洶湧激情中毀容，

如硫酸中的鐵或鋼。這是那月相說的，
也是我們的軟弱所在。事實上它結束了，
我們不再談起它，沒有懺悔、憂傷，
或別的什麼。似乎，它已經成為我們心中
一口黑暗而震顫的祕密洞穴——
仍有蜉蝣生物在裡面磷光閃爍地遊動，
仍有一汪虛靜之血等待輸出——
滿月之夜，考古者會在那裡挖出粘性的
陶土，這一截截不再波動的舊緞帶，
刺繡著良知、背叛、毀壞、表演的
波濤，無法按照你一廂情願的設想
來捏塑（有人說他摸到過曇花
在清朗月色中類似處女的脛骨，不停的
月相變化卻把它變成了一捧灰燼！）
如果我們仔細些，便會在陶土蜂窩狀的
細孔裡，發現一個個比米粒還小的人兒，
身形僵枯，目光怯懦：「哦，虛假的憤怒！」
是的，那逝去的時代，並未幻覺地
減輕什麼，而是使人成為粘稠的滯留之物。
就像月色一任時光原諒一切，
它也悄悄在江心的浮木上灑下些什麼：

一點噓噓燃燒的花粉，一滴你無法
償還的債務。現在那江心的大浪湧起來，
我感到有人的熱血被吹拂一空：
「已是九十年代了，沒什麼不可饒恕？！」
當你在殘月的幽幽暈光中走上防波堤，
這樣說著，知曉那真相已然變形
——歲月不加選擇釀造的另一面
鏡子，是時代的超市，是街衢之詩——
「先生，我們這裡的貨物絕對超值，
即使波浪吞噬、軟化了
所有礁石，它的價值仍會美元般堅挺。
相信我吧，這想像是生活最好的催化劑呢！」
昨日黃昏，你瀏覽過那一排排精美的
貨物，感到它們是難得的神龕：
塵灰被虔敬的波濤溫存地沖刷乾淨，
一炷炷檀香，靜靜燃燒於身旁
（彷彿一雙雙對生活抱有希望的瞳眸）：
「讓身體和靈魂成為最卑微的容器，
成為命運對讚美、抗爭、憤怒的放棄！」
是的，你就是這樣對阿蜜說的，
她斜睨著，身子裡有頭野獸倦倦地蜷曲，

剛剛沐浴過的肌膚有種奇特的光澤
（她父親的目光已穿過歲月的煙霧
在她身姿裡延續）。「別瞎操心了，
你的擔憂只是被更嚴峻的事物取代，
並未失去。」阿蜜在麻將桌上總是贏家，
確實未失去什麼，除了父親那詩意的
愚蠢。有一次，夜幕顯得很稀薄，
一隻隻蝙蝠在武候大道的街燈下
往返逡尋（空無中有座座鐵銹味的礁石？），
我們手挽手，談起了窮人的嚮往：
「是該大度一些。我們辦公室的小張，
在棕北小區有一幢別墅。
那種尷尬的事每年也只發生在仲春。」
而更大的麻將桌上，阿蜜註定是
一個失敗者，只是現在她仍抑止著，
沒有抱怨一個家族的精神分裂症
是多麼不合時宜。也許我該知道，
她身子裡的野獸，遲早會逃出國或家
的動物園（……滿月。長嘯。波濤。）──
有時，我能摸到它滑爽的皮毛，
在阿蜜的肌膚下籟籟掀動，摸到

一個時代的地震和熔岩在緩緩奔突——
據說，阿基米德是在浴缸裡
發現了浮力定律，當另一時代破門而入時，
身上沾滿泡沫的他畢竟有些
被擊中的感覺。昆德拉似乎說過：
這就是「永恆」。可人的記憶常常失真，
頂多是一簇簇光影在人性的凸面鏡上
反射的結果。有一些成分加速了，
另一些，則被時代變幻成了長長的寂靜。
我懂得這些，懂得殘月只是
月相之一種。那些海灘上穿著白袍
如風弄月的半神，那些被命名為
「屈辱」的人生漿果，則是一種必要虛構
——針對阿蜜和我現實的處境，
它也是魔術。今年清明，
我們給她父親燒了好多好多冥錢，
默禱他作為鐵匠早已獲得上帝的寵倖。
事實上，我們已沒資格奢談那神祕的
命運：「需要新的想像力、經驗……」
是的，有些魔術的法力會延續到
另一時代，然後漸次打開下一代的肺部、語音。

在這間台商獨資的「濃情OK廳」裡，

阿蜜就曾接待過幾位這樣的「新人」。

對這一切，我無權表示痛苦，

也無權蔑視它發生的緣由。喏！應該如此

介紹那從滿月的陰影中逛進的時代：

「他脾胃健碩，有著驚人的腎功能……」

在中國，成都是一座能吸淨任何濤聲

的巨大礁石，那些具體的街道、大樓、商場，

還有醫院、幼稚園，都只是魔術的

一部分。現在，阿蜜蜷縮在它的角落裡，

作為魔術不能取消的尚還年輕的肉體，

她已睡著了，醒著的只是窗外的殘月，

悄悄陪襯著一地影子飽脹的欲念——

滿月這使者，已完成與時代的聯姻：

「而我和阿蜜的婚姻，為何總隔著

一層霧狀的濤聲？」聽見有人在

喃喃自語，從內心，從一種沉沉的黑暗裡，

我感到了恐懼：那些逝去的時代，

是否真的結束了？「美、人性都很脆弱，

如果你不把身子裡那股熱流抓緊……」

我走近阿蜜，彷彿她是月相中的易融之物
……是的，我打算走得前所未有的近——

（1998.7.23）

成都天府廣場（1998年8月12日正午）

市中心落成不久的天府廣場　此時
也是獨自向蒼穹攤開的巨大手掌——
（年輕、沒有掌紋的手掌　需要時光來鐫刻。
需要在某根不被注意的命運線上
亮出屬於這個時代的歌喉和杜甫草堂。）
大雨是突然降臨的　人們雀躍著
沒有意識到　實際上是一種幽暗
而潮濕的火焰　把他們趕進了路邊的商店
或隨便哪個能遮擋身體的地方；
當然　也有個別顧及風度的少婦
兀自在人行道上緩步　並不在意那肥美的雨滴
直接灌進胸口熱乎乎的區域；
（人群中總有隨時想著孔雀開屏的主！）
我在廣場左側一家音響器材店避雨
頭頂的石棉瓦遮陽棚　劈啪亂響
——它承受著迥異於陽光的另一種衝擊。
雨在繼續下　身後傳來了某種地方戲
夢幻、激昂的唱腔（有個避雨之人
乾脆裝模作樣地試起音來）那裡面
似乎有一星半點狂亂地味道⋯⋯音樂是
深奧的事物　往往能形成一個空間

將那些相隔很遠的地方熔鑄在一起──
我想起武漢　這個與成都
風格不同但同樣具有戰略意義的城市
此時正被滔滔洪水圍困著　那裡
有幾個我神交已久的朋友：潔岷、魯西西……
平時寫詩的他們　此時在幹什麼呢？
或許　他們這段時間已不在武漢　並非
逃離　而是說人的存在本身是沒有地界的──
說不定他們就在這避雨的人群中間呢……
「想得太多了！」我在此地遭遇的
肯定是一場現實之雨　總要停歇（包括暴雨
帶來的洪水）。雖然某種無形的雨水
一直在下　讓我意識並憎恨自己往往是
突如其來的軟弱。「只是一場雨罷了！」
（或許　有人會想起家中待哺的嬰兒
想起他某個暴雨之夜驚恐的哭泣？
但這不是夜晚　而是正午　沒有哭聲。）
我跺跺腳　趕走頭腦中那濕漉漉的遐思
向四周打量著……這裡是天府廣場旁
雨在下　人們自然會繼續避雨：

有些人冒雨走了　剩下的還會相互擠著

感受被驚擾的體溫在暗中混淆、傳遞；

廣場北側的毛主席塑像　站得比誰都直

（對於我們　這是一種不切實際的勇氣）

他右手堅定地揮著　彷彿是在冒雨指揮

某場音樂會　或者是我們無緣得見的另一場雨？

（手心佈滿某個時代激烈的掌紋）

當然　那也可能是一場獨奏音樂會

黑暗中憋紅了臉的聽眾　會把個人情感

悄悄摻合進去──誰能數得清那無形的

聽眾席上　多少人在交付了隱秘的稅款之後

又憎恨著這音樂之雨呢？現在

似乎更親密、可恥了　當我們在這裡站著

既是這場雨的旁觀者　又作為一種

竊喜、直接的力量　蒙昧參與了──畢竟時代

的舞臺和觀眾席　已近得可以相互換氣！

（圍困武漢的那場洪水　眼前這雨

也通過長江水系被真實地連接了起來。

有人在心跳中聽到了一種陌生的聲響）

如果你就是一滴雨（火焰與欲望相互纏繞）

你會因此而有所猶豫嗎？M.C.埃舍爾

1948年畫下的那雙手①在雨幕中顫慄著

因為它嗅到了廣場的綠草坪泥土下面

某種熱血正被雨水驚醒……我想

身後那個試音之人　如果此時想聽聽

《音樂的奉獻》②店主會表示贊同的──

它是描繪此時此地最純粹、真實的語言呢！

「門口積水已至足踝了……」有人嘀咕　而雨

還沒有停下來的意思。在保持鎮定的眼中

大街上綠化林帶已被一陣更密集的雨箭

抽打得變了顏色：過於潔淨的綠搖晃著

類似於一種掙扎的慘白；另一些人不耐煩了

開始低聲詛咒這鬼天氣（有一絲可笑在）；

身旁那位三十出頭的小夥子挽起褲管

準備把戀人背到街對面的速食店去……

我饒有興趣地望著　他們小心翼翼

穿過馬路上被雨沖刷得閃亮的斑馬線

（可以看成是這條東西幹道的掌紋嗎？）

又艱難、又滑稽的樣子　像是一隻蝴蝶

貼在另一隻搖晃的蝴蝶背上（逆行卡農③）

又彷彿是一對歷經歲月磨難的老式夫妻

相互推揉著　趔行在齊頸深的渾濁裡⋯⋯

1998.8.14.青白江

注：

①指埃舍爾版畫《畫畫的手》：左手畫右手，右手畫左手。
　但它們到底是誰畫的呢？

②巴赫的傑作。其中有一支三部賦格曲、一支六部賦格曲、
　十部卡農和三重奏鳴曲。這支卡農是巴赫寫過的最複雜的
　卡農。

③卡農，音樂中導句與伴句的一種關係。如果在伴句中把導
　句的主題按時間順序顛倒一下，便稱逆行卡農，亦稱蟹式
　卡農。視覺上可參看埃舍爾1950年木雕《蝴蝶》，1965年
　畫作《逆行卡農（蟹式）卡農》。

第三輯

2001

否
定

1

寒冷使骨頭髮白　使月亮

綠意盈盈：這是冬日留給我的形象。

今天　坐在事物、陰影的交界處

忍受熱血輕輕的衝撞：

肉體要消逝　徒勞地消逝

它的過失　已得到祕密的寬恕；

昨夜星空出現的白霜帶子

也是許多塵土中的人看見過的

譬如普諾提諾斯　譬如嵇康

譬如那條我們一生不可涉足兩次的河流

此時正從濃霧中跨步而來

像從不動的鏡子中（寒冷的時刻

每人心中都有一面不動的鏡子）

但願我仍能真實地愛那起身的月亮

愛它青青抽穗的身子——

慈悲的腰身　波浪般的乳房

我的戀人曾贈予過我　溫暖過我

一如大地溫潤幼樹的根苗

「她的芳香，人怎能隨便遺忘？」

2

風中　露珠滑落草尖
她稚嫩的肌膚已被深深割傷；
我聽見了細弱、無奈的聲音
由小小的喉嚨發出；泥土的沉默中
她是否還堅持著蔥籠的
渴望？是的　我曾反復見證：
群山在鋒利的落日下止息
我們孤單的愛　忍著疼痛
恍若渾濁的河流在大地上流淌；
大地如此古老、兇險
露珠一樣短促的我們　還需要
多少世的呼救、腐朽
才能迎來愁恨消泯的清涼時光？

3

我在河邊上走
河流就像一個熟識的人那樣
開始腐爛；我走過

祖先們未曾走過的街區

一些從泥土裡翻出的老樹根

空氣細膩的皮膚

就開始枯寂；此時

如果你走進我身體裡古老、

脆弱的集市　便會聽見山河的呼叫

榆木烏黑的耳朵

也會驚訝商賈神祕暴富的消息；

碼頭上　大船來自異邦

卻依靠本地勞工

卸下炎熱的猛獸　清涼的

武器……那疼痛多細密、陌生

像落日　像落日照著無量的沙粒——

每一時刻呀　你都遭遇著

濕漉漉的繁花

它是空的　又似乎不是空的。

4

那面鏡子樹葉一樣顫抖、平伏

因為我對它說：「愛。」

過去　我也曾愛過別種美色

卻不知道：這實實在在的存有

大地上或細小或粗壯的河流

本是幻影　本是能以另一種方式

促膝交談的密友──

從鏡中湧出？從誰心中

從那貧病交集的滔滔落日下湧出？

（有人說落日就是鏡子

實際上　它是另一條垂天而立的河流）

「昏濁著自己，並不察覺。」

我曾如此粗魯地對待一切；

不知風、雨、雷、電

全是我被無明緊緊捆綁的呼救！

更不知溫順、緘默的花朵──

「鏡非鏡，花非花。」

一陣廣博的痛楚　使我滿懷愧疚⋯⋯

5

只有這樣的春夜才能展開雙手
展開不再沮喪的河流。
她的血氣是我熟悉的　從小就熟悉的。
現在我腦子彷彿「朽壞」
就像身邊隨意脫離枝頭的一枚果子。
甜蜜在心裡悶著、清涼著。
一草一木　一旦回到某個位置
都能帶來陌生、驚訝而又新鮮的事物。
而我正是這樣看待自己垂下的
雙手：它還未完全回到自己的位置
它在欲望的煤炭中待得太久了。
這個春夜　風從東邊吹到西邊
又從西邊吹到東邊
歡樂地　把一些灰塵吹進了河流——
但我沒有察覺。「我的流暢啊
還有某些痛苦的障礙。」
但我尚未熔化那條寬廣的河流。

6

總以為時光的流逝暗含著

真理　但這錯了。

記得小時侯　我經常上樹

掏鳥蛋　雙腿死死夾住樹幹

往下滑的時刻　右手高高舉著

一副小心、興奮的樣子。

那興奮和小心是從身體深處溢出來的。

後來　懷著同樣內在的激情

我潛心研究過數與形的關係

研究過星空的幾何規則、陰影……

「活著走向親密的人總是好的。」

（我開始學會尊重某些廢話）

現在　白霜已悄悄侵襲我的髮根

身體也常感到風逐流雲

它們在那裡　恢復了一種祕密的研究。

但是　今晚　只有今晚

我才痛澈觸摸到自己真實的體重

分解著、斂聚著……

「它既沒有增加，也沒有減輕！」

7

我往煙灰缸裡彈煙灰
我往身體裡堆放易燃的物質
細瑣、平淡但致命的易燃物
本不被我注意　但卻到處都是。
事物大概都是這樣放進時光裡的。
做這種事當然不會
耗費半點精神　像做夢一樣。
上床做夢之前　我還會默默端來
一木盆清水　把自己放進去：
洗啊洗　搓掉整天跟著我的塵土
搓掉比塵土更細微的
已經悲哀得悄悄髮黑的顆粒⋯⋯
我以為這水肯定很渾濁了
不能用了　無論是誰都不能用了──
可是　它依然是一盆清水
「彷彿沒有人用過一樣⋯⋯」
這　是我第二天黎明才發現的。

8

一日的消磨盡了
在那不可重複的小小事物裡。
農家　　一群又一群城郊的孩子
蠶豆花正盛　　偶爾出現了牛糞、溝渠
還有低矮的爭吵和煙囪。
「一個工程師，將臨盆的媳婦
甩在醫院裡。」暮色垂壓之時
孩子們正在菜花地裡追逐無形的錦雞
周圍一大片閃爍的深藍——
是的　　消磨中　　不能說有什麼在疼痛
因為波瀾已不是原來的樣子。
包括此時　　我不會去看金色的月影
不會記錄置身其中的消失
不會的。「即使被狠狠吹動著
也沒有什麼要緊！」

9

春風亦不能解救危世的

嘴唇。凡過去的　皆有不可言說的

迷惘──昨日　午後的陽光

對於此時　已是純樸的傻子模樣

但可使灰燼足夠地哆嗦：

「奔馳夫富貴，氾濫夫辭章。」

那個小女孩　站在油菜花的嚶嚶金黃中

親手折斷貌不驚人的一株

舉著　「小蜜蜂，小蜜蜂，糖，糖……」

而我似乎放棄得不夠

即使是傻子　也放棄得不夠！

種種纏絲的捆綁和青色天霧般的

巨大解放之間　我聽見

骨頭悄悄鏤空、拗斷的脆響……

2001,1-2

注釋：

「奔馳夫富貴，氾濫夫辭章」：引自郭嵩燾《陳府君墓碑銘》。

2
0
0
3

短句（35首）

疾鳥

疾鳥飛得再快，也解不開這數學題。
我在長風鼓蕩的山巔
望見疾鳥；在一張白生生的紙上，
攤開城區，攤開烏雲，
攤開倖存於古老戰火的數學題──
且讓沉陷，灰燼伴隨清涼天雨！

2003.7.30

唐突

接受我的歉意。
接受陰影裡對上帝火熱的猜疑。
我愛你勿需證明。
午夜了，喝下一口安神的菊花香氣，
即使睡去，山石還是清醒的。

2003.7.30

我與他

我看見細，他就看見粗。
我愛上蜜糖般入口即化的美女，
他就送來毒藥、仇恨。
如果我在你波濤浮沉的懷中恬恬睡著了，
像不可救藥的小嬰兒……
他便枯萎、白髮鬖鬖，為挽救我，
為我一開口就想罵人的純淨。

2003.7.30

骰子

骰子一擲永遠取消不了偶然。
依靠怎樣魔術般的手段
一個人　汁液迸湧卻取消了腐爛？
我對永生不感興趣。在
被星空磁化的大街上緩緩行走
搖晃　搖晃那鐵銹堆積、鳴叫的臉！

2003.8.7

這地方

成都這地方，美女如雲，
本地青年往往不高，卻心儀於閒散。
如果吃餃子，一定會手工精製：
寬寬的清湯，蜜糖桂花餡，
花生玫瑰餡……偶爾也憤怒，
那就包上巫咒，包上濃豔的閃電！

2003.8.7

同意

我同意自己寫不出詩
同意一生再漫長　也還是碌碌無為
同意今天早晨睡懶覺
一起來就打爛手中的玻璃杯
然後　用那仍顫抖的手去種花
還默禱：花期可比流雲短暫——

2003.8.28

人物

愛山村的人　我在他臉上
發現舊時代積聚的晦氣
濃墨在靈府化不開　有時也油滑
他的貧窮、優雅都是自找的
還找到一顆玻璃彈珠
這盈盈眼珠　被飛花輕輕摘下

2003.8.31

消受

不堪消受這時光溫柔的喘息
半古典的庭院　囿於紅漆
細水抬起長耳朵菌類和小小驚訝
流呀　流　沒有遲疑地流
恰有胖嘟嘟的稚兒練習拍巴巴掌
於極深的黑暗中　點數
我們置身光亮時的嘀咕、虛假

2003.8.31

淺薄

在尚未塗改、閱讀的詩篇中
你能發現我淺薄得可笑的問題。
體內的計程車滿大街亂跑
車輪拖著輕雷　拖著星雲中衰老的雨
沒衰老的　是嗷嗷亂叫的鬍鬚。
後視鏡上的霜霧　寒冷、灼熱
透過它　我看見你嚴肅得滑稽的臉
多麼像我　卻充滿廢墟般的愛意

2003.9.1

理想的距離

這樣的距離　可由越洋過海的蝴蝶
來經歷。那些海風、暖流
那些蝶翼上神祕字母的霜跡
凹陷了　又突起──自身的
指南針　在美與醜的爭吵中
分娩出一大堆溫暖、粗俗的兒女
有的繼續飛　有的將學會

像人一樣呼吸──最卑賤的生物
翅膀隱藏在黑暗、乾燥的衣櫃裡

2003.9.1

短句

一天又過去了。
我消耗了該消耗的物質，卻沒有
貢獻出哪怕一小口
清涼的空氣。
像鮭魚，在黑暗、湧動的水流中
輕輕釋放出花的低語。

2003.9.20

日常

費了多大的勁，為把廉價煙頭似的一天燃盡
你費了多大的勁？坐在這波動的陰影裡
看霜跡胎息般滲進少年狂熱的眼睛
那也是星空隱秘的心──為了
能從你的注視中決堤而出

為了能燦燦爛爛地疼
我費了多大的勁？
瞧　我費了
多大的
勁！

2003.9.26

氣息

你從鬆軟的美景邊緣回來，
身體保留著岩石的氣息；
紅色的、藍色的、黃色的氣息，
因失敗而清新的氣息；
舉起中指，像舉起青銅嗡鳴的樹枝
敲擊波浪：「曾游過大海
卻淹死在鼻涕裡。」

2003-10.1

吐露

在夢中　我把那面孔模糊的人

讚美三遍　痛打三遍

醒來　身邊就聚集了許多俊美的人；

我是粗魯的　溫柔的

當你沖著天邊的流雲哈哈傻笑著

扭斷奔跑的膝蓋　像扭斷

麻雀的脖頸……停歇處

我們追憶曾經盛開的事物

鮮花　輕輕掩埋裂開的靈魂

2003.10.1

行路難

行路難　從這力的世界走向清涼山巔

難於上青天！幹嘛要計較呢

都說身子越是污穢　就越是快樂

都說世界可以再壞一點……

滔滔瞬息　在你瞳眸中寂寂熄滅的閃電
曾大象般趟過渾濁河流的閃電！

2003.10.1

斷章

在夏日　切開飽滿、陰涼的藕節
品嘗那孔竅溢出的甜汁。
屋頂上　擁擠著密實而灼熱的壓力
但卻……長風一樣疏闊、無語
生活中諸多殘酷的事　早已置之腦後
——和鄙棄之物有些相似
因為粗俗　請彈奏那明亮的怪癖！

2003.8.3

機械

看見老人眼中的疲倦
看見飛沙走石　席捲做夢的少年
這一切為何不是比喻？
為何　想起「機械」這個詞

你就淚流滿面？數字香氣

撐開時代每個冷靜的毛孔　電流

撐開野蜂嗡鳴、放誕的電影院

2003.8.3

月亮

讓自戀的溫柔見鬼去吧！

蝗蟲有蝗蟲的道理，匕首有匕首的

道理：在這不能避免的一生，

有多少人能最終寬恕自己——

雨水浸泡著樹木的根，霹靂，

把山腳的磨刀石一下子就劈成兩半。

我的問題是：如果神要縱欲，

月亮，是否還會和壞人親切耳語？

2003.8.4

一

一加一等於二

一陣微風掀開鳥語者溫熱的衣衫

一根草繩潮濕的聲音

緊緊勒住少年腫脹莫名的小睪丸

（多麼殘酷的囚禁，多麼青春的黑暗）

一場無限對有限的戰爭

模糊了　繼而又清晰著多麼壯美的臉！

（一棵大白菜的臉，一條河流的臉）

2003.8.4

眉批

空氣中的雨滴、妖嬈和情意

我們知曉多少？「孩子　你真偷懶

一本書　怎可只看大字　不看小字？」

那時　結伴潛行於山腳枯黃草叢

找尋翠鳥的糞跡　由於年少

兩隻眼睛像磁石　歡快地呼吸——

塵埃也呼吸　只有雷聲是靜悄悄的

2003.8.25

抽象

我身邊的人與事　多抽象！

那些看不見和不存在的　又多具體！

濕漉漉的花湧動在上山路上

像一群迷路了　因而快樂的小孩

其中有些會澈底綻放下去

沒有骨骸或灰燼……多麼清亮呀

這政治　這春風中尖銳的遲疑！

2003.8.25

滿足

何曾滿足？何曾放棄敵意？

何曾因愛而無緣無故顫慄？

長星照耀州府　野草堆積身軀

我在一個紅色政權下找到未命名的我

他的貧乏　正如他的細膩

他在晚上睡不著覺　睡著了

又把貓頭鷹的眼睛睜得大大的——
月影向西　盜賊酣睡在他的夢裡

2003.8.26

紀實

昨天　我在鄉間土路上高談闊論
幾隻野蜂嗅嗅我冒汗的衣襟
就呼啦一聲逃走了；今天
我在同一條道上看到一堆狗糞
還冒著熱氣……對某些生物而言
這也是一堆溫暖、珍貴的黃金！
我承認這些　如同痛苦的人
不得已　將那遲到的小小幸福承認

2003.8.29

自言自語

自言自語有什麼用？我在這裡
問　恰如一百年前有人
這樣問。葵花向著太陽

太陽　在那漸漸昏暗的群山後隱形。

一條蛻皮的蛇　在山腳的草叢

重新看見了斑斕的腰身：它是我的嗎？

大地如此寬大、無言　彷彿

那山石　也對永生懷有蔭涼的信心

2003.9.3

耳語

我對你　實實在在有激情

也有願望收集你眼眸中激烈的灰燼。

唯獨沒有疑問。你就是

我在經書上見過的那個老漁夫了

大海上勞碌一生　卻一次

也沒抬頭望望那海市蜃景。多幸福啊

不像這些了無生趣的詩人

一生被幻景所困。

2003.9.3

鳴囀

好幾天都沒有去聽那聲音了
但它依然在頭頂鳴囀。
中午有米飯、雞湯　一些青菜
一些營養豐富的小小的「善」——
我好像消化不了默默進入身體的一切
惡狠狠叫著　像那汽車
引擎蓋上鋪著一層寒冷的鹽：
冬天菜葉上的鹽　雙目鏽紅的鹽

2003.9.11

鹹味

那樹漿裡有鹹味嗎？就像你
潮濕、溫暖舌尖上的鹹味，就像
一個史官洶湧淚水的鹹味——
被更偉大的力喚醒，樓下花樹
從地底噴發，一夜之間，
就用盡了沉默的怨懟、美——

它是在月光的鹹味中開始歡笑的，

恰如你，搖著滿胸脯的花蕾……

2003.9.11

敵意

慢慢地　一個、又一個句子的

敵意　比愛更深地浸入我的身軀：

它的煙火氣　它的傲慢、嬉笑

它放慢的星空的轉速

它拎起我　然後又突然摔出去

像先知將燙手的石塊摔出去：

我們身上彈痕累累　卻不能吟誦它

不能在初夜哀痛地哭泣——

2003.9.13

不及物

多種多樣的愛中，有一種愛是

不及物的。昨晚，絹絲燈籠

照耀的水池邊，我們風一樣交談著。

且不說眼中融化的巧克力，

不說漸暖的池水，月亮肥美，

不說池水中偶而躍出的五彩金魚⋯⋯

只想抱緊你呀，像一條渾濁的溪流

抱緊另一條溪流──可我知道，

我們頭頂那清涼、圓滿的愛，

即使抱緊了，也是不及物的──

2003.9.15

景象

清晨　群山在玫瑰色灰燼中

拱動身軀　它的嫩芽

由孤單的鴿哨、莽撞而細心的求愛者

組成⋯⋯我在操場上跑步

想起你還酣睡著　就不由得笑了：

前方那團魚鱗般閃閃發光的濕氣

比我跑得快多了　一會兒

就會降臨在我們家粗陋的屋頂

2003.9-.23

風吹過

風吹過香椿樹醜陋得快樂的樹葉

葉脈裡　　泛起了溫暖的波紋

它是多麼仁慈呀

風吹過我們軟弱然而倔強的一生

吹過熱沙、陰影（在夢中

它代表的力量曾讓你非常頭痛）

當然　　風也吹過身邊看不見的物事

波浪般湧動著　　稍不留神

它就會愛上喋喋不休的我們

2003.9.23

打鐵

一個夜夜打鐵的人　　他的手掌上不是老繭

而是流水一個個興奮的疙瘩

他把一塊烏鐵打成

繡花針

一根嘶鳴不已的針

佈滿老繭的手要捉住她繡花

樂傻了　清晨　鐵匠鋪裡全是水汪汪的花

2003.6.8

輯句

迷離的人

把月光撕成破布的人

一發狠　就把夜鶯的如簧之舌

塗成狗屎黃的人

是光明

安靜地　把狗屎黃從你脊背上

揩乾淨的人

飲月光如飲牛奶的人

無比結實的人

是死神

2003.6.6

光明

那在寒冷中捂暖的手
那徹夜無眠中骨髓靜靜地流失
那榮耀的沉默、角力
那人在憤怒時跌了一跤
摔出去有左手離右手那麼遠。
群山跟著禮贊
我們跟著禮贊
這就是河流、語言——

2003.2.6

那裡

龍行虎步
大海跨越榮耀走向順從
白色的驕傲的順從，
像每一低微的人
像黃色經卷上偶而迴旋的風；
蔚藍的　鮮紅的

像肉體一樣抑揚頓挫的物質啊

不同中沒有什麼不同！

2003.2.10

春日十四句

第1句

艱難地，寫下今年第一句：
「春天，不該有……冰冷的腳趾。」
這就是說，我這個笨蛋，
有點當不起你漸漸洶湧的氣息。
把手邊鋼筆、紙張、
蓋緊的墨水瓶、跑氣的記憶，
統統丟進廢紙簍吧！再多扔一些
……一首臭詩疊在另一首上面，
下面還有一首……模仿著鹽柱，
卻不能溶在蕩漾的春水裡：
火焰直往樹梢上竄，石塊在
鼓風機裡蹦達，想砸向噓噓熄滅的臉。
你慢慢擼著小河般流淌的鼻涕：
哎，哎，為何要如斯猴急？！

第2句

在春天跳舞的人應把腰扭斷，
快暢地，讓我這個舞盲在一旁痛心、歎息。

池塘解讀著雲的帝國主義，
熱沙也有陰影，青草種植莊嚴的國籍。

喝完涼茶，就去明亮的後園鋤草。
一些荊棘被清理：那卑微如我的舊事，

已曬乾關節中奔突的濕氣——
不必齜睚必報，更不必克制、彬彬有禮！

想必出門跑跑步，骨骼便清涼了；
想必我們犯傻，也只好比自己的錯高級。

直到一柄呼哨的長槍將我們挑落馬下，
就像那聲嬰啼，將身旁櫻花驚醒——

投降已來不及啦！這滿園子手指、淚水，
把這驚惶的老傢伙剝了個赤身露體……

第3句

你愛護自己的國籍，
像深山裡野人愛護清涼的草裙。
雲朵不夠鬆軟，溪澗
不再留念去年山石上沖積出的
閃電形凹痕：如果有顆心，
她就是與自己作對的壞人……
一個草長鶯飛、神采奕奕的壞人！
而這裡有些不同：學生們
三三兩兩散落在校園草坪上，
語調柔美，討論著或黑或白的事情；
小徑旁石頭曬得滾燙了，
有人駐足，細數微風將樹梢
輕輕拂動，又有一個人，
在迷途者內心遭遇了自己的聲音……
作為妄圖傳授「永恆」的癡長者，
你紅著臉，短暫地經過他們。
你看見他們綠了，唱著：
「我愛護自己的國籍，
像深山裡野人愛護清涼的草裙。」

第4句

從細雨的耳朵裡掏出
滴答的指針，從你剛睡醒的
眼睛中，掏出舊日志、嘴唇，
掏出一條因洶湧而過於渾濁的河流；
更從那薄荷的藍色氣霧中，
掏出失蹤多年的人……

春來了，我像那些醉於星象的歷史學家，
小心地，轉動脖頸：

從滴答的清虛裡掏出
一顆手雷，從你花蕾一樣的
胸脯中，掏出這座城市的萬千鳥鳴……
我知道這不是溫柔的地盤，
但還是要住下來，就像一個
因冒失而新鮮的人！

第5句

應該怎樣說話？一張嘴，
就會暴露無法解決的問題，
暴露一頭熊、兩隻蜜蜂的問題。
春雨搶奪我的喉嚨，
（這個季節，她沒放過任何一條喉嚨）
虛無、沙塵暴也搶奪我的喉嚨，
（她醉心於眾人吵鬧，猶如漁夫，
醉心於江湖中游得歡實的魚）
而你的愛，對我喉嚨的搶奪竟那樣安靜、神祕，
就像人們第一次看見嫩綠的捲心菜，
吮吸著閃亮汁液的捲心菜，
從身體中長出來……
（小魔鬼，小狐仙從森林裡冒出來）
如此羞澀，彷彿不該存在似的。

第6句

還在無言、刺目的白光中，
還在左手抨擊右手的細小甜蜜裡。

我和大街上每個人

都曾握過手，但已相互忘記；

這很好。如果早上泡的那杯茶淡了，

我會換杯濃的；如果我

已不值得愛，在你身邊，

肯定有值得你愛的英俊少年，

像左手愛右手。是呀，

千古文章彷彿不值一提！

翠綠的駿馬，已馳過謙卑山坳，

響鼻連綿、清晰，如同炸雷，

那裡尚有積雪，尚有一團團遊蕩著

不肯停下來的熱氣……

第7句

放過手邊煙蒂、打火機和空煙盒，

也把胸中濕黑的微塵放過。

至於你眼前，一陣風抽打著另一陣風，

一個我，兩個我，三個我，

臉紅得像桃花……而貧瘠、抽風的父親，

嚷著要把稚兒的嫩屁股打開花

（太貪玩了，整個一小泥猴）
──如此綿綿韻事，我會輕輕放過。

放過天上遊仙般奔跑的雲朵，
放過她的累，她的無聊，她的蹉跎。
自小，我相信那列翠綠的蒸汽機車，
總是趁我熟睡，就在星空轟隆隆跑過：
有一天，她會像解放軍一樣，
把我帶到新奇、威嚴的大世界……
哎，這令人羞愧的想法，
無辜之舊事，也只能輕輕放過──

放過革命對一個幼神的追捧，
煙霧沉沉的小酒館裡，他學習密謀，
學習不死者、妖嬈河山的怒火
──今天，我會去春天的政府上班，
管不著他了，由他胡說去吧。
他要在你豐滿的乳房裡堆積海水，
堆積雲朵，還嬌喘……哎呀，
這曼妙的蔑視，我正好輕輕放過？！

第8句

從迷幻開始的旅程，
　　　　不該以唾棄結束？
我唾棄這堤岸的垂柳，
　　唾棄江心忙碌的挖泥船
　　　　　　　和那站在船頭
　　慢慢縮水的人（他的手，
他那乾枯的、摸過銀器和波浪的手！）；
有時候，哎，有時候，
我唾棄江面上
　　越來越闊大、越來越粗魯的風
　　（身上沾的鹹味下一世都洗不掉）
　　以及河底淤泥中安眠的哀愁；
我還要唾棄什麼呢，
就像唾棄一項了不起的成就……

第9句

即使生活在窮鄉僻壤，
也該把詩寫得光芒萬丈！春天，

一個連筆頭都握不穩的人，

有權這樣想。握穩了筆的人，

穩於身邊細浪的交談，

穩於細浪之細長，穩於那陣暖風

比謊言更快地清掃掉屋頂上回憶留下

的白霜。香樟樹幹依然濕黑，

窗外星光下，它的灼熱，

深深插進大地肥得流油的身體：

生活就是這樣，虛構於

搖晃現實，虛構於來不及認識的

庸常——群花將在庸常中燦爛，

如果你讚美她，就等於說

打開積滿灰塵的喉嚨，

嘟囔，正將一首燦爛的詩阻擋！

第10句

春天在呵斥年老的詩歌傻瓜，

呵斥他把頭埋在鍵盤上：

噠噠噠，吼叫；沉默，又哭又笑。

春天在呵斥歷史，呵斥呼風喚雨的大人物。
遠就是近，大也是小，
那沉重與教條，無權將村姑的身體，
將這細長、婉轉的流水驚擾⋯⋯

春天呵斥圓規、直尺、時髦的基因工程，
呵斥冰涼的高能粒子加速器：
你怎麼裝才像我們美妙的科學呢？

一個乞丐在太陽下掐蝨子、搓泥丸，
懶洋洋的，他夢見火車，周身長滿綠毛，
夢見嫵媚的公主正投懷送報：
哈利路亞，哈利路亞，哈利路亞⋯⋯

第11句

如果風景少於讚美，拖拉機
仍在滿山紅杜鵑中醉臥、喘粗氣；
而一間廚房，微妙地少於桂魚之肥美，
那會怎樣？又能怎樣？

我是在夜間土路上窺見了人心的拖拉機。

少於一夜的敘述：杜鵑開處，

揚起胸腔中的黑煙、遠山奔突的雨。

有人呀，青衣朗目，只愛排簫，

簫聲，餵養腰腹隱隱滲血的桂魚。

那簫聲是放浪的，但少於桂魚之昏厥、激盪，

少於憤怒，要將溪流軟弱的頭顱抬起！

廚房即我們放膽相聚的地方，

即淫褻味覺的拖拉機；而杜鵑也就是桂魚，

惟有清蒸，方可見出此物美麗！

第12句

寫下貌似詩意的一句。

這秋水般明亮的裁紙刀，竟是暗喻，

能將春天裡遭遇的埋汰事，

將那仍香蔥般生長的

對你的怨恨、對你無邊的讚美，

一刀裁去！從我眼眶，

到菜花夢境裡按捺著金黃色欲望的
流水，輕輕一刀裁去。

但寫下的，只是腐爛的前半句。
比喻這刀子，也會像國籍，
恰如其分地卡在肉體的嗓音中，
難以拔出！事實上魚還在遊，
即使水面上橫陳著五彩斑斕的醉魚。
幽暗廣大如斯，質樸如斯：
她在陽光下晃蕩汁水四濺的乳房，
而你，還是個懵懂的孩童，

或者說，只有空穀殼般可笑的性器！
撿起一塊石頭，迎風扔出去，
砸中的，卻是書桌邊揮舞墨汁的自己；
你會學著說：金黃　花朵
流水　比喻　裁紙刀　春日的溫熱
你會學著說：寫下恍惚的一句，
就有人在身體波浪上拉開一個口子：
哦，一條又大又滑的魚！

第13句

春日將盡，可以停止寫詩，
可以拎乾夢裡濕漉漉的星雲，
可以騰出一塊空地，把它交給未知，
交給堪堪理解的物與事；
最要緊的，是在匆忙的的人群中，
悄悄找到自己的親人──
不要驚訝，它可能是徜徉在青草坡
和畜欄之間的一隻羔羊，
也可能，是案頭史書中濃烈的陰影，
甚至，就是街頭那位潑婦，
是沾在你新皮鞋上的一粒灰塵
……要知道，它是想和你
交談的，像鏡子和月亮一般交談，
像絲綢的波浪和熱身子交談。

第14句

春天是洶湧的。

情人們整夜做愛，兩條河流相互狠狠捽打，陰莖和
　　陰戶在相互絞殺，星空和大海在顫慄中相互蒸
　　發，直到汁液耗盡；

第二天清晨一睜開眼，身體，又開滿野蠻的花。

春天是洶湧的。

政府官員也浪漫、抒情，他們腆著大肚子行走在開
　　滿紫雲英的田埂上，跌倒了，又爬起，爬起
　　來，又跌倒；他們學狗叫，學青蛙叫。

他們以為自己是狗，是青蛙。

春天是洶湧的。

轉了好幾路公交車，去聽一位西藏密宗上師講《金
　　剛經》。上師，竟比我們都年輕。在焚了迷香
　　的經堂裡，聽著聽著，就睡沉了；聽著聽著，
　　就傻了，蔚藍了。

"啞石，你聽懂了嗎？"上師問。

"沒聽懂，真的沒聽懂。"我清脆、響亮地回答。

春天是洶湧的。

母親在今天過71歲生日，她一定想起了12年前去世的爸爸。我也想起了。即將11歲的女兒挨著奶奶坐了好久，像個懂事的孩子。

今天，我、女兒、孩子她媽要一起為她過生日：

春天，野地裡長滿了草，開滿清涼的花。

2004.3-5

2006

識字課

子曰：「視其所以，觀其所由，察其所安，人焉廋哉？人焉廋哉？」

——《論語・為政》

一：課前溫習

《送魚》

綠樹曲徑。一眯縫眼孩童穿行於山水，

肩左扛木桿長槍，紅纓迎風飄舞。

落霞絢爛。遠處疾飛著白鶴。背後溪水聲似有若無。

右手草繩，提了仍橫板豎板之鮮魚一尾，

約二斤。是的，這美滋滋孩童，

領了母親令箭，正徒步數里，頂替無名

蹦跳的小溪，去某山村小學，

看望暴躁，卻努力教人識字的父親。

二：窗外，兩隻青蛙咶咶叫

壹：「此身憔悴，啊，我已飽讀天下詩書。」

瞧，這個深陷「詩書」美婦人的可憐人，差點精盡人亡了，還在水袖輕舞地⋯⋯最後硬撐！相距百年，那時的「詩書」，竟可讀盡？想來，其實也不容易。能放出這等話來，足見馬拉美這廝比俺幸福多了——現在，又有哪個狂夫，敢如此誇口？！垃圾呀，現在所謂「詩書」的垃圾，咋就這樣浩如煙海呢？即便是新鮮美婦人，也被臭烘烘或翻江倒海的垃圾，搞得滿臉污穢了。

瓦雷裡亦有名言：「多好呀，經過一番沉思，終得以放眼遠眺神明的寧靜」。比較比較，便知法蘭西這兩位，皆喜做「收官」言。事實上，所有唯美傾向的傢伙，都有這一手，可愛的、神清氣爽的一手！但現在，假使有人如此放言，那他，如果不是不學無術的傻筆，就是可憐兮兮的腦筋，不幸被虛妄之火燒糊了、烤焦了。

貳：「評論糟糕的書，有害人品。」

　　這話，是奧登說的。對，就是那個才高八斗、詩技絕倫的同性戀說的。這話，究竟在多大程度上具有真理性呢？假使一位高人，撰著花子來評論一本白癡書，無論是吹捧還是挖苦，此話都對──評論者之人品一定會受損，或者，乾脆說明此高人人品有問題。假使一位笨伯，評論了一本破書，奧登的話，則是一句廢話──書之糟糕和評論者之糟糕，糕手過招，誰又能分得出誰糟糕了誰呢。

　　時下漢語詩界，上述二狀，不都是歷歷在目嗎？

　　就是奧登，還說過一些話，可能會氣瘋諸多顏色：「我根本不贊同龐德的政治觀。我認為他發瘋。他竟會喜歡那個討厭的老無趣孔夫子。有一個人說的對：感謝上帝，只有一個國家選擇了這麼個無法忍受的笨伯作為民族英雄──中國」。嘿嘿，俺認為這個根本不懂東方政治的同性戀，這段話倒說得極為精彩。至少──從藝術角度言──其真理性，遠遠超過了關於評書的那句「謬論」。

三：狗尾巴草的五次朗讀——左右

〈胡〉

子夜叩關，可窺米白色靈魂？
拉毛圍巾斜掩左鬢。指尖梅香點點，欲煮沸
汪汪翠綠的眼睛？

想起圓月彎刀、裘馬輕肥，歎謂難免了。
試比年少之輕狂？更有新款手機，彈奏漫天霜雪，
驚醒府河邊　桃碧蟹黃的耳證人！

國境線上，蒙面人剛剛捕獲一隻小紅雀。
她吞下K粉……山河踉踉蹌蹌，
噫，這雪白、滾燙的，狂蟒般甩打鱗甲的脖頸！

〈虹〉

不是典籍輕輕舒捲的時辰，
不是吐納，不是！
吾反側良久，欲把凍瘡比作良心。
成都，細雪嘶嘶纏樹，

癢癢的，他奶奶的真癢啊，

一滴花蜜從梅枝蹦下，

步履凌亂，滿地黃燦燦的。

吹奏！羞澀之典律亂了？

白髮三千丈，終有填海般宏志可比？

那瓜娃子，撅了烏嘴，

細數政府與花蕊往復調情。

瞧，胖嘟嘟的綠色小豬，躥上樹梢，

鬧烘烘也，謂之陽春，

亦謂之：月姑指尖急飛的慧能！

〈渡〉

香象渡河！無所謂湍急？

耶，公竟之志可驅磐石？牽了胖乎乎傻蛋，

嚼沙傻蛋，吃土傻蛋，每天都在橘紅月亮上吞水銀
　　　的傻蛋！

即便是，頭簪著燦爛野花，

都牽過河去。牽了這狂吠的鏡子，過去！

誰道橫江惡？棲霞者斜噓MBA。
數數，這八百萬粉子頭領，一千萬浪裡白條之猛男
　　　教席！
褲腿火燒之際，津吏竟東指西指？
那一天，這廝三次將手伸進你的破白褡褳……
「或許，那裡面，有塊清涼的古玉？」

〈雅〉

報春花說話，明火執仗，
一代又一代風騷劍客，漸臻於流沙。

不可學莊周，課虛寂兮戲蝶。
憤懑處，亦不可祭妖術，
挺木劍，一夜間砌出青石獅吼之塔！

抹抹魚肚白，從短信溪流躍出。
咬住星漢那熱烈而模糊的，是一副鋼牙！

是的，吾鄉乃這樣一個奇異所在——
有人暗自羞愧，嫩綠長流，
更有人，為新鮮的大片鵝黃，嘻嘻哈哈。

〈野〉

泊莽莽兮，其意清高而有肥脂？

花重錦官城，你開始飄蕩小鬍鬢之焦黃，
與靚麗車模粗俗玩笑。偶而，
拖曳乾草蓬鬆的雙股，夢著溪畔歸來，
驚訝於苦笑都清澈了——
麻布衫袖口，必定拂起呦呦鹿鳴之水滴！

畢竟老了！畢竟將落齒於秋風，
語病也疊出。而家國之痛，連呼：「僥倖也……」

記錄綠色奧運，需勁健筆力，如活塞！
好在，那髒兒子已學會婆娑跌宕，鼾聲賽春芽：
嗨，睡在陡長的稅率裡，你也能
哈哈大笑？他熟知納斯達克，你不知。
遊蕩於車展，其足尖輕捷，目光似雪。

泊莽莽兮，其技也雕蟲，其旨亦禁邪！
可再讀一遍：「永州之野，產異蛇，黑質而白章。」

四：歇歇，走神者胡吹牛皮的時候到了——

壹：「一切劣詩都是誠摯的。」

被奧登譏為根本不會寫作的奧斯卡・王爾德，竟然，說出了這麼牛逼的真理，真、真、真tnnd！耶魯倔老頭布魯姆，對此話也甚是折服。他表示：「假如我有行事的權利，我會要求把這話刻在每一所大學的校門之上，以便每個學生都能思考其中的真知灼見。」

明眼人都看得出，布老頭是在模仿一個古老的、極其牛逼的人說話——柏拉圖——唉，那個關於幾何學與哲學的典故。我敢打賭，布老頭肯定不懂幾何學，但這並不妨礙他自信滿滿地模仿柏拉圖，而且看起來效果相當不錯，只是，比柏拉圖更囉嗦。如果不懂幾何學就不能碰哲學（現在中國玩哲學的，又有幾個懂勞什子幾何學！鬱悶），那布老頭的意思就大約是：如果沒有對意識強勁至艱深的認知、想像能力，你他媽的就不要對詩指手畫腳！即使淚流滿面的誠摯，也頂個球用！而奧斯卡・王爾德，這個花花公子，這個可以把衣領的細

小折痕都穿出高山流水品味的時尚急先鋒，確實沒貢獻啥子經得起時間檢驗的文學經典，卻tnnd貢獻了好幾個這麼牛逼的真理！

真是，讓人氣絕呀。

貳：「中國人有一種理論，認為厭倦過後便是熱愛。」

1971年自殺的美國著名人像攝影師戴安·阿爾布斯，說過這麼一句既精妙、又瓜嘻嘻的話。這個出生於殷實猶太家庭的女人，癡迷於拍攝五花八門的畸形怪人的正面人像，且異常冷靜。那些醜陋、怪誕的傢伙，往往置身荒涼的環境，用坦蕩得讓人心悸的凝視，把觀像者先是震一個趴仆，然後再輕舒媚爪，把你抓回去，慢慢地、細細地蹂躪。

那個醜啊，真是「美妙」無比！

我讀這句話時，也有這種感覺。不知道她說的是中國哪個腿哥的理論。是道家的悟透「天地不仁」，然後，可以在群山之巔「三花聚頂」？或者，是透徹「白骨觀」、比肩歡喜佛這樣的佛學？哈哈，有點像，但顯然又不是，至少不精確。

經常會出現這種情況：東方的人和事，一經老外「翻譯」，不管是精靈麻了的老外，還是憨寶老外，都會誤讀地增加些趣味。譬如那個有法西斯傾向的龐德，把繁體的習字翻得多麼的有意思啊。有時，這趣味，會讓自詡確切體證過東方的東方人，先是哈哈大笑，然後就緘默不語。因為，在這特殊的曲折反觀中，那明顯的誤讀和瓜貨，竟然、竟然道出了東方「正統」裡，隱含了某種特殊的晦暗本質！

　　阿爾布斯這句話，亦屬此列。想想吧，所謂相濡以沫！

三：「充滿活力即為美。」

　　這句關於地獄的警句，是布萊克鼓著眼睛鄭重其事說的。他同博爾赫斯一樣，對老虎身上斑斕、燃燒的花紋極其癡迷。可以想見，布萊克說這句話時，地獄乃一隻叢林中奔躍、嘶吼的猛虎！它的恐怖，就是它的燦爛。當然，如果有人，眼神灼灼，要把這隻虎翻譯成馬拉美的「終結之書」，抑或博爾赫斯的迷宮，我也沒有太多的理由反對。

　　毫無疑問，敏銳的認知、飽滿的語言和創造的才華，這三者，共同組成了文學中「虎」的斑紋，

亦即「地獄」的斑紋。消融於這燃燒的斑紋，當能體會出一種燦爛的本體論激情，一種銷蝕骨髓的「欣喜」──美，自當如此，亦惟其如此，古往今來，才有那麼多不要命的呆瓜，廝廝然，投身於虎口。

地獄從來都是令人戰慄的。將來還會那樣。本質上，它與人在性愛高潮中的戰慄沒什麼不同。布勒東也說：「如果美不令人戰慄，就不是美了。」這種美學理想，被他自稱為「超現實」。顯然，正是這一「超」，同時道出了本雅明那「震驚」美學的宮闈幻景和鄉野本色。

猛虎，依然在大地上遊蕩，並被時代粗俗地、口水滴答地視覺化。尤其是可以無限複製的電子影像，正懷著最終將其咔嚓的「險惡」居心，把布萊克的真理，模仿得淋漓盡致！此時，我們又該如何翻譯它？甚至，能不能翻譯它？

或者，當眼神遊移地，用僕人般謙恭的語氣說：「寧靜哦，寧靜方為美」？

五：課間休息

〈聽《水滸》〉

盛夏夜，浩瀚星空於頭頂嘩啦啦旋轉。

神祕之藍色，統治這庭院，

溫涼、沁人。一孩童，四仰八叉躺在涼床棍上。

後山悶熱草叢中，野了一下午，

紅泥浸染腿杆，怎麼洗也洗不乾淨啦。

此時，父親偃於籐椅，說《水滸》。

到夜半，孩童會夢見後山插滿旌旗，

紅泥，於身體的各個州府，熱烈鬧騰。

六：眼鏡老師在陰影裡落座。煉金術課
程。五種上下求索的安靜

〈里〉

可深入虎穴，近窺腰身之斑斕。

但不得用斧子，將這湧泉至天靈蓋的一樹青蔥

隨意斫砍——溪流一樣流啊，

翻躍過多少歲月，多少不同的地方，
此時盡聚於你閃亮之腿彎：
呵，這熱辣的，一樹青蔥的沸騰、嘶喊！

「曖曖遠人村，依依墟裡煙」
與君白首，灰袍大袖哪比得上嗫嘴啼笑的櫻桃！
皆非矣？皆非矣……昨日黃昏，
你用牛皮紙口袋裝回的那些圓乎乎之小搗蛋
此時睡在冰箱中，更涼、更甜，
更與那鋒利、黑暗的斧子，擺在一起。

何時開始？兩根臍骨已並於一處。
《論語》有言：「里仁為美」。這，我是篤信的。
還篤信希爾維亞‧普拉斯的虎嘯：
「吾知其底部，她說。我用粗大的根須知道它：
此乃你不得不怕之物體。
而我，不怕它：我曾經去過那裡。」

〈白〉

夢見異象無數，仍無法更改
那紅色蟻群，於清晨薄荷味身體中，進進出出

——飲下一杯熱乎乎的牛奶，
便會更洶湧！鳥鳴堪堪可以震碎窗玻璃，
這，是否可謂：具體而微的衝鋒？

晨曦向來銳利。茅草芽般顫慄之小手
洩露你昨晚的夢：一張巨大、隱約的臉懸垂西天，
五官子虛烏有；中間橫貫一墨線，
竟被看不見之力量，彈得筆直……
滾落床榻後，忙不迭翻古書。其上曰：白。

南方濃了薄荷味。清涼擠壓耳垂。
唉，錯誤但有趣的解釋是：
這間歪公司，乃一萬古般陰暗、潮濕之山洞！
清晨彩蝶飛進去，傍晚飛出的是白蝙蝠。
洞壁上，影子，始終比活物多一個。

可是，我等仍禁不住誦讀《碩人》，
亦淨手、焚香。窗外，一群刺青者正呼嘯而過，
他們懂得生之強蠻，穿了紅肚兜。
昨晚，嘿嘿，昨晚，有人夢見你沐浴於星湖，
水花輕吠啊，簇擁雪團似燃燒的雙乳……

〈聖〉

斜陽透窗而入。此處，火焰與長河的織錦。
鏡面上，寂靜輕抑塵土的沸騰⋯⋯
安能隨意喝高了，使群小之髒手，褻瀆這一頁又一
　　頁燦爛？
安能聽任寂寞，束緊那妖嬈青絲，
並且，攥拳骯髒市政府門前，失神，又失神⋯⋯

探右手進去，向下：鏡子裡皆腐爛積雪。
如此這般，細細經營，這混球竟於萬古離愁別恨
　　中，得了清靜！
「古往今來的大腿哥，像孔老二什麼的，
都不會做夢。」驗一生橫練金鐘罩，於今日？
圓滾滾市長也，下崗女工淚水波濤中，瀟灑地脫身。

失敗者皆有夢，青豆芽拱出霜雪土層。
愛爾蘭之謝默斯・希尼，只是個愛挖掘的藍眼白髮
　　農民而已：
粗糙的長統靴穩踏在鐵鍬上，長柄
顫慄著，緊貼於大腿內側，結實地撬動⋯⋯

我們就愛這調調：那翻出的新薯，在手中，又涼
　　又硬。

〈月〉

是日，緋紅豪豬攜清涼狼牙款款而來，談山中諸事。
席間，賓主恰恰，把盞甚歡。

琥珀色酒漿，密密在舌尖蕩了三蕩，
浮游眉間之銀蛇，正捏著沙嗓子，齊誦《鱷魚文》。

仍有二事不解。一，落英偏偏就了橫行之豬手；
二，春日府衙，又冗贅，又多豆腐渣工程。

引車販漿之流，一日日撕碎聖賢。
提了燈籠，巡遊，群狐竟有翠綠、沸騰的肝膽！

不多言！山中舊事，乃毛茸茸悶雷。
抬起頭來，煙花，照亮天上那塊淚汪汪的蒼苔。

〈青〉

扔掉這惱人的詩學、器具吧！
鐵絲根根烏亮。燥熱，一天天發動著黃色肉體。

吾囚禁於此、放縱於此，久矣！
起城郭，舉禮祀，更借一船東風，將汝之破產諷喻──

錦官城花開無數，神清氣爽之瓜娃子無數！
你的身高，只比幼神少一微米？

如果，一直待在凱賓斯基，慢啜那微黑咖啡，
又如何？會談到到杜甫嗎？抑或，杜撰一場連綿秋雨？

其實，祖國之證券商，早喚你「青青小寶貝」了。
捧起失敗者頭顱，一如捧起瘋長的野草。

而臍下朱砂，如此潤滑。慢慢咽下她吧。
向東，幻象的明月！匯聚多少野蠻、悲傷的蜜……

七：橡皮擦不見了。突然的哭泣。

〈捉迷藏〉

多久了？眯縫眼孩童藏匿於穀倉，

從裡面一塊塊扣好木板。板面標有數字。

如此，從外面看，不會有半點破綻：

以前捉迷藏時，咋沒發現這好去處呢？

尋人之夥伴，在外面，大聲咋呼吧，

這一次，休想再把我從藏身之所騙出來！

穀倉，暖而暗，陳年微塵翻湧著，

嗡鼻聞之，恍惚是熱乎乎的糖炒板栗

——去年，父親外省串親戚歸來，

額頭，亦隱隱散發這熱烈、神祕的氣息

——穀倉的暖與暗，當是孩童的親戚？

只需如此藏身於周遭黯淡之物，

孩童，就能同微塵喜悅、絢爛地交談？

直到幻覺中，與那穀倉融為一體。

漸漸地，一個時辰過去了。同伴們

終於捉不出這孩童，也只好疑惑著散了。

那時，眯縫眼孩童，剛於興奮、疲倦中睡去。

穀倉中，他已忘記外面的一切——

直到星空垂下盛大涼意，籠罩這世界。

孩童母親，經過穀倉時，突然聽到一陣陣

焦急、恐懼、帶著哭腔的捶擊聲

——穀倉的木板，彷彿就要擂破了：

「……我在這裡！媽媽，媽媽，我在這裡！」

八：紅泥課桌。「我沉思我的肖像……」

《米沃什詞典》（西川、北塔譯）中有段話讓俺

怎麼也忘不了，一想起，又忍不住偷偷傻笑。瞧，

米沃什坐在寬大的書桌跟前，稍微挺了挺陰影中嘎

嘎脆響的脊椎，算盤珠珠般興奮的脊椎，秉筆直書：

「我沉思我的肖像，它浮現在別人的仇恨之歌

中，浮現在別人的詩歌和散文之中：一個幸運兒。事

事順當的那種人。不可思議的狡詐。自我陶醉。愛

錢。沒有一絲一毫的愛國情感。對祖國冷漠於心。

賣國只賣個手提箱的價。衰弱無能。一個關心藝術

而不關心人民的唯美派。可收買的人。失算者（他

寫了《被禁錮的頭腦》）。不道德的個人生活（他

追逐利用女人）。蔑視他人。傲慢自大。等等。」

哈哈，米沃什就是這樣寫的，但更是這樣寫的（我保證。華沙米格爾大街153號的一間閣樓，從左往右第三個飾有聖像小浮雕的栗木書櫥中，直到21世紀末期，還保留著他微微泛黃的手稿）：

　　「我沉思我的肖像，它浮現在數世紀後的口耳相傳中，浮現在大自然的青山綠水中：一個蒙受聖恩的人。諸事完美的角色。不可思議的智慧。自尊。理性清澈。沒有一絲一毫的狹隘情緒。將祖國深藏於心。不懂得如何算計：即使全世界黃金堆起來，也買不走他21克的靈魂。心腸太雞巴柔軟了。一個視藝術為生命的人。常被弱勢者感動得一塌糊塗。極端勇敢（他寫了《被禁錮的頭腦》）。風流倜儻（熱愛美人、歌詩、醇酒）。風度卓爾不群。不肯媚俗。如此，等等。」

　　成都平原的秋風，輕輕翻動著微黃的手稿——昨天，一種奇妙因緣，已使它攤開在我彌漫著回鍋肉蒜苗香的床榻上。仔細端詳，其字裡行間，有些藍得不易察覺的小小凸起，像神祕的星宿。我趕快找來密寫顯影藥水，折騰了好久，才看清楚用達芬奇密碼密寫的，是下面一段話：

「很明顯，這就是我，CzeslawMilosz，哪怕我的對手，那些隱藏在時間長河中的對手，要在我身上打擊那些他們想像出來的弱點，這個人，依然是我。我沉思過自己的所作所為：這些特點，可以確認。」

九：黃昏盛大。致敬或迷糊

〈數豌豆〉

柴灰溫熱。八仙桌斑駁。水缸安謐。
晨曦像小偷，似乎比誰都熟悉廚房的細小物什。
眯縫眼孩童，正蹙眉盯著粗瓷碗中
青幽幽的豌豆。裝得多滿呀！非得數清楚？
是的，父親出門前是這樣說的：
「可考耐心了，簡直就是一場戰役。」
數吧，數吧，1粒、2粒、3粒、4粒……
每數一粒，都能清晰聽見：這青幽幽之火焰
從指尖濺落另一碗底，發出了
低微、悅耳的叮咚聲——隨手撿起
一枚石子，扔進浩瀚的湖水，也是這般動靜。

可是，日上三杆了，孩童還沒數清楚。

他急呀：總共，究竟，是364粒？還是365粒？

——很多年後，這眯縫眼孩童，

仍會跌進數字迷宮之陷阱。清涼黃昏裡，

他常常喝著渾黃小酒，一邊憨笑，

一邊，把這數豌豆之情景，細細地，品評。

十：鄉村電影放映員降臨學校，談論想像力。

壹：嘿，想像力！

眾多學識淵博的人物，或眉頭緊鎖，或面色潮紅地談論著想像力，卻無法讓自己屁股底下的小板凳，立馬真切飛起來。只有笤帚，才是他們飛行的利器，而且是在意識螢屏上，在哈利・波特嘀嘀咕咕的巫咒之後。

事實上，人類關於另一世界的想像，在尋求價值差異性的同時，似乎從未擺脫個體或平庸、或抓狂的「身體」屬性。莊周夢蝶如是，《西藏度亡經》如是；《神曲》如是，《聊齋》亦如是；《自

然哲學的數學原理》如是，乙太、黑洞亦如是。有
種說法：牛比的想像產生現實。這句話，可用現象
學的方法復述為：要命的想像，皆可還原成身體的
一次夢境。

　　文學歷來以想像力開發為己任，否則，這個世
界、還有這個身體，都將是難以忍受的。《艾麗絲
漫遊奇境》作為兒童身體想像的範例，並未涉及成
人世界身體之頑疾。換句話說，若非故意幼稚，一
個成人，其心頭軟肉，不會在艾麗絲那裡得到真正
慰籍。大部分成人作家，想像力都極其平庸，通常
被吹捧為想像力標兵者，只是將洶湧的荷爾蒙胡亂
揮灑而已，似乎到處都是豐乳肥臀──嗨，這並非
關於身體的新景觀。它，僅僅是一場低俗的洞洞舞
會，或門票低廉的脫衣舞秀。

　　極少數作家、詩人，能夠以清新之風，深入到想
像力晦暗身體的深處，完成一次真資格「想像」。
博爾赫斯寫過一個王子的故事。王子（文本中的一
個「博爾赫斯」）想娶一位「世界之外」的女子為
妻，博爾赫斯決定成全他，就讓巫師（文本中另一
個「博爾赫斯」）「藉助魔法和想像，用櫟樹花和
金雀花，還有合歡葉子，創造了這個女人」。

關於女人來源，這是我讀過的最清澈的想像了：欅樹花、金雀花，還有合歡葉子！難道不是嗎？比起那根有名的肋骨，如何？而泥點子，那些髒兮兮的、胡亂用繩子蘸些泥漿甩出來的泥點子，當然就更不能比了。

博爾赫斯這位女子，顯然保持了身體的在場性——欅樹花、金雀花，還有合歡葉子，從植物隱喻的意義上，你可以追溯至深，在那裡，一個美人身體，正溫暖而美妙地波動於你藍色意識的觸鬚——毫無疑問，這個美人，已不是你逼仄性慾的可欲對象，那渾濁的荷爾蒙泥漿，已經不能再餓撈餓轄地攫取我們的意識。確實，這「世界之外」的女人，又與我們如此貼身，似乎，你我那看不見的血液中，她正佩玲叮噹地奔跑。

我不知道，博爾赫斯少年時代的性事故，是否與此想像的傑出相關。可憐的小博爾赫斯，妓院中的博爾赫斯，當父親硬是把一個妓女塞進他懷抱時，肯定嚇瓜了。成年後，家族性的眼疾，是否又進一步加深了他與這個渾濁世界的疏離？也許，恐懼之餘的博爾赫斯，心裡正暗暗竊喜：哈哈，盲目的黑暗，你來得正好……

貳：嘿，還是想像力！

人類個體的想像力，不可避免地受制於身體經驗──其地理風物、歷史隱痛，將成為身體夢境的「檢察官」，甚至，就是潛藏在想像力染色體中的致命螺旋。陳腐的鸚鵡學舌，公共浴室骯髒暗花毛巾的隱喻刮擦，通常是平庸作家的撩撥手段。而一個作家獨特的想像力，必然與此拉開距離。在關照、偏移、對抗之雙向撕咬中，他貢獻出生命的流水與暗室，有時，簡直是「揮刀自宮」呢。為了哪般？難道不就是為有朝一日，能在文字中，澆灌出「身體」的燦爛隱秘！

俺曾留意過作家們描寫make love的文字，說實話，這最能暴露想像力底褲顏色的「殿試」中，大部分乏善可陳。《聊齋》語境中，蒲翁本來是可以發發飆的，但不知為什麼，他先生完全顯得像一個呆瓜。還有比狐仙更適合發飆的題材嗎？可惜了！就是《紅樓夢》警幻仙子那一段，如果不考慮結構上的必須、精微，單就想像力之爆發，也貧乏得緊，不過一個俗人意淫罷了。就是被很多人稱讚的

老嫩士和殺得，俺也覺得像衣衫相因的窮人，或者瘋狗咬骨頭。倒是亨利·米勒，有那麼幾段華章。

第一個讓俺覺得灰長灰長有意思的是卡夫卡。這個極度害怕迷失又極度渴望迷失的竹竿，這個訂了三次婚，最終又哆嗦著逃離的傢伙，那個事，想必不會豐富。在《城堡》中，他安排K與象徵權力、形上力量的克拉姆的情人弗麗達不由分說地makelove起來：

「他們在地上滾了沒有多遠，砰地一聲滾到了克拉姆的房門前，他們就躺在這兒，在積著殘酒的坑坑窪窪和垃圾中間。」「他們兩個人像一個人似的呼吸著，兩顆心像一顆心一樣的跳動著。」「K只覺得自己迷失了路，或者進入了一個奇異的國度，比人類曾經到過的任何國度都遠，這個國度是那麼奇異，甚至連空氣都跟他故鄉的大不相同，在這兒，一個人可能因為受不了這種奇異而死去，可是這種奇異又是那麼富於魅力，使你只能繼續向前走，讓自己越迷越深。」

哈哈，你看看這關於make love的想像力，好一個清新脫俗了得！你能說它不是真實的、「身體」在場的make love嗎？顯然不能啊。但這又僅僅是兩

團肉（你所能想像的這兩團，或那兩團）在那裡蹦蹦
察察嗎？顯然更不是呢。這絲毫不帶毛聳聳惡俗的
「欲望」及其想像，精妙之處在於：驅逐了庸常意
義上的公共身體（哎，許多人的身體，可悲地、只
剩下被編織的公共性了），卻讓卡夫卡那真實、卑
微、鐫刻著「暗疾」花紋的身體，赫然在場！也
許，觀念意義上達致此等境域，並非不可能，但同
時擁有乾淨、精確的語言，能讓此「想像」完整、
堅定地「出場」，恐怕就難上加難了。

　　這方面，第二個讓我蔥白的作家是胡安‧魯爾
福。不為別的，只為這廝極其令人信服地描繪了兩
個死人、兩個幽靈的make love。是的，這個腿哥，
不可思議地幹了這事！在《佩德羅‧巴勒莫》中，
他把這事幹得漂亮極了。不信？你盡可放出眼珠裡
挑剔的獵犬，把那書，找來瞅瞅。

十一：放學了，兔唇走在平行的田埂上

〈囿〉

秋風，緩緩繫緊微涼的襟扣。

抬首向上，山腰清朗有序：

那挑出紅漆斑駁簷角的，是望雲亭；

而沾染遊仙體溫的浮塵，

鐫刻著獵狩、獅子氣息的浮塵，

被誰掬於掌心，然後又輕輕吹散了；

不遠處，一叢神祕火焰的陰影裡，

恍有翠苔纏足之石凳——

你前生悲苦，曾簇擁了暗喜，

盤桓此處，夢想一步步

將山頂登臨。想想後世，不免沮喪，

亦不禁勇蠻。黃昏，一條、

又一條溪流，從熱烈群山中奔湧而出！

修辭，貢獻著她的誠意、矛盾。

〈回〉

驚世未必可以駭俗。俺看見：
東門，一妙齡女郎，正在捲乘涼的篾席──
其形象，曾是溫熱曲線，
旋轉，於篾席上留下粒粒淡黃的鹽。
嗨，此篾席經緯，被時間那鹹豬手編織之前，
也曾於浩瀚林海，翠綠地嘶喊！

也是帕耶羅珀花毯？遑論一簞食、一瓢飲！
──淡黃圓月，無聲照耀東門：
唧唧，複唧唧，藍波浪，繞地球精確地繞圈圈呢。
無論繞了多少盤，都不厭倦。
俺記起，小時候，多麼蔑視酒池肉林！
老師一遍遍教讀：「倬彼雲漢，昭回於天。」

俺那藏著花苞苞私貨的妙齡女郎哦，
來，將這星雲，這滿地狼藉的混球，一一席捲！

十二：第二天。交給眼鏡老師的兩篇作業

壹：〈氣〉

少時，嬉笑哄鬧之間，若有「噗哧」聲悶出或脆響，我等頑童常齊聲高唱：「屁，屁，屁，屁是一種氣。打屁的人，洋洋得意；聞屁的人，提出抗議：今後打屁要注意……」如此童年經驗，讓我對「氣」字的形構不免胡猜：腹內九曲回環，如腸形蜿蜒；更似有上端尖嘴嗡嗡，尾間有物噴吐上揚、彌散……

形象倒是形象，但如此解「氣」，當然錯至爪哇國。不但我等錯了，連博學的專家許慎都搞錯了。《說文・氣部》：「氣，雲氣也。象形。」朱駿聲在《說文通訓定聲》中為其糾偏：「此氣象天地間氳氳之氣也」，雖不明朗，但已近源流。事實上，氣字的甲骨文與數目字「三」很易混淆。它的本義是空氣：上面一橫代表天，下面一橫代表地，中間那一短劃，表示充塞於天地之間的無形存在，即空氣也（非有形的雲氣）。到了春秋戰國時期，其形構發生了變化，上、下兩橫均改成齊侯壺，三

劃都彎曲，篆文規範與後來的「氣」形，已相當相似了。

空氣，氣息，氣流，水汽，體氣，元氣，生命力，物質力量，精神力量，皆可在恰當的語境中作為「氣」的語義。漢字「氣」的使用歷史，尤其是在中國傳統詩學中的使用歷史，反映了漢字思維的一個特點：從物質的、生理的、感觀的世界向精神的、心理的、非感觀的世界延伸，但在那個非感觀的甚至是抽象的世界中，最初對感觀世界的指涉，依然完好地保存著。由此，漢字的精神世界，總是語涉兩端，呈現出不被二元對立思維所羈絆的氣象。

空氣無形，但可以被感知，其途徑乃生理學意義上的「呼吸」，運作於「呼」「吸」之間的，是既外在於身體又內在於身體（設想為流轉於「經脈」）的生命能量，這能量，當然也是充塞於天地萬物的能量；如若呼吸停止，生命便不可避免地走向死寂。《孟子·公孫醜上》：「敢問夫子惡乎長？」曰：「我知言，我善養吾浩然之氣。」這裡，「氣」已經有不受制於意志的意思，它只能被「養」，被積累。在朱熹那個由「理」構成的世界裡，「氣」是純之又純的活動元素。

中國詩學的源頭（謝赫論畫，專有「氣韻」說），一直迴響著「氣」的生理感觀指涉。夫子刪定詩三百的時代，當有吟誦（唱詩）與詩文合抱，詩是不外於這吟誦的。借由嘁嘴吟誦，「氣」（既是物質的，又是非物質的）被引導出來，形成影響聽眾的「風」：「上以風化下，下以風刺上，主文而譎諫，言之者無罪，聞之者足以戒，故曰風。」（《詩大序》）此即風化之文化內蘊也；中國傳統詩學中願意把文本視為行進中的演奏、視為時間中的事件，皆仗於願意相信：氣，能賦予文本活生生的統一性。相較西方詩學將文本視為製作品、視為織錦，總之，視為非時間性的給定的「客體」，這，真正的是大異其趣。故而，曹丕會在《論文》中信心百倍地說：「文以氣為主，氣之清濁有體，不可力強而致。譬諸音樂。曲度雖均，節奏同檢，至於引氣不齊，巧拙有素，雖在父兄，不能以移子弟。」故而，葉燮會在《原詩》中強橫地宣稱：「惟理、事、情三語，無處不然……然具是三者，又有總而持之、條而貫之者，曰氣。」

於是，依漢字思維，任何事物，皆有其「氣」。天有氣，地有氣，人有氣；心有氣，運

有氣，仙有氣，神有氣；就連鬼，也有「鬼氣」。
任何一種「氣」，皆同時指涉物質與精神、有形與
無形兩個不可分割的世界。以陶潛《飲酒》之五為
例。「山氣日夕佳，飛鳥相與還。」這裡的「山
氣」，不僅僅具指山中空氣，而且，它也指（不是
引申）處於活潑潑運動變化過程中的山體、山事在
與詩人的交流中沛然流瀉的非物質能量。正是二者
的交響濡染、相互生成，我們才會毫不心虛地贊一
聲：真乃渾然一體也！

貳：〈象〉

　　一體積龐大之動物。字形上，象鼻、象牙、象
足赫然可見，亦似脫體而出。然其只是象牙、象鼻
等，不可獨自認作它物，需尤其整體方能確定意
義，這個整體就是「象」。故漢字中，「象」字除
指特定動物象外，亦作形象解，亦作表示整體之體
（從人從本）解（大象無形）。近人用抽象、具體
二詞翻譯西語，按中國文化論，已有不得已割裂漢
字之感。如依漢字思維，象即是體，具體乃蘊育於
「抽」象之內（那些象牙、象足等），如無象，實
無可「抽」之處。可見，抽象、具體並無分別。再

感象之漢語讀音，宏亮、圓潤、高亢，實有活潑潑之和於開闊的氣象。

《易經‧繫辭傳》：子曰：「書不盡言，言不盡意。」然則聖人之意其不可見乎？子曰：「聖人立象以盡意，設卦以盡情偽，繫辭焉以盡其言。

《周易略例‧明象》（王弼）：夫象者，出意者也；言者，明象者也。盡象莫若言。言生於象，故可尋言以觀象；象生於意，故可尋象以觀意。意以象盡，象以言著。

上面兩段引文，可以見出「象」字在古漢語中的使用特點。首先，「象」被置入一個認識論鏈條：意－象－言－書。它處在「內」與「外」的邊界上，既是完整的，又是特出的；既是抽象的，又是具體的；既是形式的，又是本質的。換句話說，「象」在打開一個內在世界的同時，一直保持著對內外兩個世界的呼應和能動的警覺。其次，「象」字的使用，尤其表現了中國文化思維的所謂「有機

整體」觀，那個認識論鏈條也是一個有機生長鏈條：任何一個範疇，都不能孤立於其他以駢偶形式出現的範疇對子流（共時與歷時）。這個有機生長鏈條，可以一直追溯到所謂「太極」或「天地造化」，於是，一個美妙悖論就不可避免地出現了：在一個字、一個詞周圍，豐富而歧義跌出的「迴響」與強烈精確的具象性感受經驗熔鑄在一起，這，或許就是「一字一世界」的真實內涵。

現常用「形象」一詞，實際上也包孕著漢字使用的時間刻痕。我們已經習慣於從「形」見「象」，因為「象」皆出於「形」嘛，無「形」，又哪來「象」呢？但古人並不這樣理解。《鄧析子·無厚》篇：「故見其象，致其形；循其理，正其名；得其端，知其情。」很明顯，「名」是「理」之表，「端」是「情」（事）的初始，依照行文邏輯，「象」應該是「形」的雛形和未完成形態，是「形」未定形前的暫時面貌。可以這樣說：初「形」乃「象」，終「象」為「形」。故而，古人有「未形惟象」之說。《楚辭·天問》：「上下未形，何由考之？……馮翼惟像（象），何以識之？」顯然，如果不理解古文中「形」與「象」之

細微差異，我們就根本無法體會到屈子「向天之問」的分量。

（2006年1-12月）

2
0
0
7

暗花

盛夏了，林木早煥新彩——
你的身體，仍看得見凜冽、蓬勃的雪線。

江間波浪，洶湧如時代。
厭倦了隱喻，羞愧用文字搓出一股股炊煙。

那裡，置換露水裹身的朝霞之自我
與眾多愣頭青的哈戳戳，並非不是件妙事。

又看見：城市埋首，規劃胸骨下轟隆隆的地鐵，
本意獻媚女神，卻鑽了酸楚的牛角尖。

撫摸你冷玉般的背脊，將暗花細辨……
是的，是的，盛夏了，林木早早煥了新彩。

2007.6.15

小
巫

小巫是個小屁孩。

他爹老巫,頭頂四個旋,絡腮胡漆黑

蓬亂,硬得像鋼渣子。

修鎖匠老巫,手藝細緻、溫婉,

上門服務時,從沒驚擾過雇主。

老巫莫得生育。不知哪一天,從何處,

領回了這小屁孩。

人的命也日怪,小巫對老巫

他奶奶的親得不得了,

成天跟在老巫叮叮噹噹響的勾子後頭

爹呀爹的叫喚個沒完。

可這小屁孩,有個怪毛病:

沒事時,愛把一把銅鑰匙,含在嘴裡玩——

說是像熱天含著冰塊,甚至

還自吹能嘗出銅鑰匙在不同時段的味道:

早晨酸酸的草莓味,晌午,

則是又甜又稠的蜂糖味,到了晚上,

就有點像燒烤攤上,剛烤熟的、還在冒氣的

金黃鵪鶉……對此,老巫並不介意:

「由他娘去吧。」大家也說:

「對著呢,誰他娘的沒點讓人彆扭的毛病呢?」

可有些毛病，是不能由他娘去的
——昨晚夜半，老巫住院了：
他，被人挖了眼睛，作案者正是小巫
——趁其熟睡，這個小屁孩
用那把已被含得精光閃爍的銅鑰匙，
噗哧一聲，挖掉了，老巫的左眼。

2007.6.17

酷刑

讀到耶胡達・阿米亥的一句詩：

幸福的人兒，在烏黑的頭髮上紮條細細的金帶。

有點愕然。繼而，窺見本地

涼菜大嫂的單車，蝴蝶樣掠過筒子樓前。

她嚼著胡椒，尖聲尖氣朝門房喊：

「嘿，帥哥，今天要買大頭菜哇⋯⋯」

幽暗處，肯定有天使，寬恕了她腰際晃悠的贅肉

——這也是條細細的金帶，一種神祕

——我的媽呀，饒了我吧，

我想，我還分得清什麼是天空的盛大，什麼

是痛、偶然。譬如，你拖鞋米黃，

我睡袍卻奇怪地暗藍。

好在，都還合身。再說了，賭氣之時，

不是討論過那些可愛的酷刑嗎？

這，地球人早就經歷過。現在，還怕個鏟鏟！

桌上，從市場買回的車裂果，細圓、紅亮，

像極了櫻桃。我們一起怯怯品嘗，用塗蜜之舌尖：

當其時，成都這旮旯，暴雨如注，清涼透骨。

2007.6.19

師尊小傳

你美多一點，世界就清瘦一點。

眼神愈發明澈了！想起
初中語文老師，臉兒那個紅呀，常在課堂上打醉拳。

那時，他鬚鬢就花白。
我們這群小搗蛋，早學會了盜亦有道——
入夜無事，常順手牽了他家阿黃，
把嬌滴滴之小女生，
他明令我們不許碰的、青澀多汁的寶貝疙瘩們，
攆得驚爪爪亂喊⋯⋯

那時，你是寶貝中最膽小的一員。
我們呢，早素無瓜葛。
誰也沒料到——現在，作為模特，你能紅遍大江
　　南北。
有論者說：你身上，有股
迷死人的、嗦嗦亂竄的黛青色火焰。

今晚相聚，純屬讓人困惑的偶然。

絕不偶然的是：

一群二杆子，牽著阿黃，仍在驚爪爪讚揚你的美！

你說，你並不願吃青春飯。

喝著冰水，遲疑了好一陣子，我還是忍不住告訴你：

初中語文老師，那個愛過你的人，

前年就去世了——

得的是睪丸癌。在那芝麻點大小的縣城醫院裡，

大家都說他是條好漢！

迴光返照之時，非得下病床來，

有人在一旁啼哭，他都不抬一抬眼——

就這樣，紅著那火燒雲似的臉，他跌跌撞撞地，

竟然，竟然打完了一整套醉拳！

2007.6.22

「映山紅」冷啖杯

其實，黃昏讓苦膽有點刺痛。

下午5時，路邊冷啖杯，為招蜂引蝶，一對破音箱，

開始播放渾濁、變調之《梁祝》。

這小巷，租住著許多進城打工的漢子，夢想

某一天，能實現清涼蝶變──

「不再夾著卵蛋過日子，多爽啊。」

他們的小娘子，其中眉眼頗為喜人的幾位，

馬上，就會出現在這冷啖杯攤上，

翩躚著，款款為食客服務。

老闆呢，一個自稱曾走南闖北的江西老表，

滿身橫練筋肉，心卻善得可以，

亦多妙趣。他命娘子們著文革流行之軍裝，草綠，

腰間緊箍巴掌寬皮帶，大夏天的，

還必戴五角軍帽，上綴閃閃紅星──

幾位娘子，就這樣，在食客間驚風火扯地舞動，

上菜時那吆喝，也算一絕啊。

「要鬥私批修！5號桌，絕對過癮的，麻辣兔
　　頭……」

「寧要社會主義的草，不要資本主義的苗！

3號桌美女兮，鹽水毛豆來也……」

每當此時，老闆便會悄悄擰低《梁祝》音量，

吧唧著香煙，欣賞自己的傑作。

好生意哦，自然寬恕了扯淡景象，譬如

不遠處，街角昏暗夜色中，立了些呆鵝狀華服老者，

上前問及何意，竟口水吊吊地答：

「聽歌，聽聽歌……」只有極少幾次，

娘子們的官人，出現在冷啖杯攤上，裝酷，

低頭喝啤酒，似乎懶得搭理一切。

其實呢，他們心裡，藏有一份慶倖、得意。

他們明白，腦殼再硬也撞不爛花崗石，

那苦瓜臉同鄉，打死了，也不會來此處湊趣

——街角彎過去，就是窄窄的牧電路。

去年，那裡，一個膽汁墨綠的春夜，同鄉的妹妹，

為五元小費，被某紅髮嫖客，掐死在髮廊裡。

2007.6.25

露營邛崍連綿群山不知名之蔥蘢山凹中

於日記本上隨手寫下：
「我們相聚之時，不再恐懼紫色的閃電。」
或者：「勿以善小而不為。」
等等，等等⋯⋯
然後，你會商人一樣端詳、揣摩，
並輕輕地，將它們逐一抹去。

這是南方初夏的午夜，
山影，水波一般漫進帳篷每個角落。
你呢，只穿了件男式襯衣，
腰身滑爽、細膩，擺盪著火焰回甘之滋味，
我們戲語，整理暗花床單：
剛才，瘋狂地，一次次揉皺、又一次次捋直⋯⋯

哦，《白頭吟》正翠綠！
在詞語的灌漿和走神之間，
南風，吹裂了清新的、黑暗中沙沙作響的細雨。

2007.6.29

母語

怎麼著？你愛血液喧響的「秩序」？
我說：勿焦，勿躁，無需耍著嘴皮彎彎繞。

寫詩。剃鬚刀片淡藍。
皆壓箱底矣！天上雲彩朵朵，菜畦間兔寶寶，
為啃到胡蘿蔔，正滿世界瘋跑呢……
是的，你寫過明月與女子，
黃昏的街衢，每個關節蔭涼下來之時，
你寫過，寫過她淡藍滾花的旗袍。

我們母語，鹽分有點重。
待寫到真水無香，就湧起一排又一排海浪，
洗刷得我瓜兮兮的……入冬之時，
血管裡的冰面上，竟來一豁嘴老頑童，
麻利地搖晃，且噓噓撒尿。
寒風嗚嗚的，一個個黃色小凹坑，嫋娜著熱氣，
繪製出農事莊嚴的語法——
星光，照耀了州府。錘子慈悲，鐮刀雪亮。

2007.7.4

戲
劇

於小小彈丸之地翻雲覆雨。按理講，
這未免不是場戲劇？

晨曦，擠出薄荷味牙膏……
錦官城一排排舌苔暗集的口腔，被細心打理。

你，連短褲都沒來得及穿呢，
坐於冰冷馬桶，惺忪著，那話兒翹得硬梆梆的。

似乎無需對話，無需
翻耕自我。她，蜷於繡塌之中，清明極了。

星空紅移，揭開你顱骨。窗外，
一排翠綠、慈悲的樹，手臂揮舞，狂草醉人《史
　　記》。

2007.7.6

聽音會

以德報怨吧。不甘心那甘美的心，
被詭秘地氣驚擾──塞上風雲都接著地陰呢。

或許某時、某地，會豆莢般爆裂：
一個受傷的孩子，被黑暗呵斥，驚得從皮椅上彈起，

掙破了綠色羽衣──其實呢，
五色迷人煙花，未必不是星雲間璀璨的事情！

星流洶湧，銀杏樹依然古直。
清晨薄霧中，我君子一樣觀察過它們──

總是玉露凋傷楓樹林，總有一個白鬍鬚亡魂，
細數武候祠、杜甫草堂、金沙遺址……

孩子畢竟悠久而縱目，想剜掉父母眼中那白霜。
他的手不能發抖。狂風催逼，也不能！

一束禮花，於星雲火鍋店牆上題下反詩。
漫漫迷津中，有人大嚼花椒、魚頭，連呼過癮……

2007.7.13

清粥

晚餐，只喝一碗清粥。

這事可讚美。用哲學，或斜陽下的垂柳。

走進一家粥店，看見老闆娘

和兩個小妹，正埋頭點數一天收穫——

鈔票花花綠綠，壹圓歸壹圓，貳圓歸貳圓，

暗花木盒中，不時落進幾枚閃爍、

滾圓的硬幣。灶台，聽了響動，竟一旁淡淡閒著。

這事，畢竟有些喜樂，可讚美。

能否喝上那碗清粥，完全不要緊啊。

她們有的穿紅、有的著黃，腰身裡有火星，

被我驚動，忙不迭跑過來時，

多麼像一條條破霧而來的河流——

真的，能否喝上那碗清粥，完全不要緊啊！

——晚風，吹開胸前大片晦澀的自由。

2007.7.13

七月某週末，與老孫、李君等遊邛崍花楸山

山色清鬱，竹蔭懷抱一些骨頭，

細小、卑微的骨頭。

我們浸在涼快之中，不免談到喜悅、虛無──

這山名喚花楸山，歇腳的

院落，祖上以造紙和製茶秀潤四方，

現在，遊客眼中，惟剩一空洞、破敗的所在。

它的神色，曾朝氣勃勃，

蔭庇一聲聲犬吠、一茬茬孩童的歡樂⋯⋯

竹蔭裡，我們仍在飲用嫩綠茶尖，

吸入暮靄與朝露，偶而遠眺連綿群山

──此處，曾綿綿不斷運出紙張，

精心印上誰誰誰的燦爛詩句，供人誦讀。

現在，它們又在哪裡呢？

或許，它們，曾是你我某時的讀物？

──暮色降臨之時，去爬山。

石梯陡峭，兩邊傾泄著浩瀚的綠竹、茶樹，

近處，遠處，不知名的山禽正「咔咔咔」、「咕

　　咕咕」

我們說笑，分辨天籟、地籟、人籟，

感到清涼、寂靜，感到虛無。

任何時候，都有一種刀子，刮擦我們的骨頭

——接近山峰處，有一祭天台。

我們站在那裡，抬首向上，希望

月亮，那一小朵銀色的火焰，

能夠跳躍著，沖出寬廣、低垂的夜幕！

2007.7.16

再致——

要殺就殺！何必流下一鋪卵子貓尿？
就像是我在殺你似的。
稍有點腦髓的都明白：青山不改，綠水長流，
你我皆螻蟻，惟有卑微、短暫
的觸鬚——我愛你。因而，更多時候，
我愛上的，是風中的殺戮：
從宇宙到銀河系，從太陽系到地球，
乃至這雙瞳幽暗之人——
最好，把這總不夠用的愛，掰碎了來使！
地圖掰碎了使，心痛掰碎了使，
還有那微塵、落日……寒冷的冬夜，
我們急切相擁，身軀赤裸，燃燒著急流，
把虛無的刀子捅來捅去……
有時，悲哀地，是代替別的什麼捅來捅去。

2007.7.25

北風

你這糟老頭，風捲茅屋時，如何看待言語之妙？

別著急。喝完這杯卡布奇諾，我會

給北風的貓爪發短信。

冰涼、傲慢，蟄伏在苦膽裡，弓起細細的閃電形
　　茸毛。

你一直想看清某些東西，譬如它眼眸中

的陰影。那安靜、粗暴，那突然

翻臉時星河倒灌之玩笑……

有人成天躲著，像膽怯的保險商，把自己都搞傻了。

你運氣似乎好點，懂得不妙之妙。

嗨，神會勸它對你更好些——濁酒入夢時，

總該跳出二三風騷貓爪，潛入浣花溪，

撈得數條濕漉漉小青魚——

小青魚娃娃一樣叫喚著，身體破布般呼呼亂抖

　　——醒來時，發現自己就是那貓爪：

山河潷漫的膽汁裡，有清涼月光，也有猩紅鐵銹。

昨晚，我在英特網上搜索，竟看見

成千上萬人，仍在化驗你膽汁的嗷嗷亂叫

　　——某個為「革命」急得流下鼻血的人，

悻悻然，於這憋悶、平庸的年代，

用6612個漢字，力挺你為「爛醉是生涯」的代表！

他寫過詩，毒害了江南空氣。

嗨，糟老頭，舌尖的鐵器上開優曇婆羅花

的糟老頭，你之亂劈材、言語之妙，

真、真會把我等搞糊塗耶……

山河欲向暖，且讀讀北風回復的短信吧：

「春日典衣，濃苦即香；瑟瑟幻象，魚肉清涼。」

2007.7.27

紀念：1973年，某天

春日，香樟樹那嫩芽，突然挺出一把剪刀！
「咔嚓，咔嚓嚓⋯⋯」「噗嚕，噗嚕嚕⋯⋯」
石頭脹紅臉，沒來由羞呢。
怪極了：那時，你還是輕花入雲的孩童！
岔岔褲，微醺風，耳垂尚涼，
棉團也似小爪子，還無力撕爛舊書。

當其時，某解放軍部隊拉練，進得村來。
你覷見排頭女兵，臉兒粉白，
頸如藕，大眼睛烏溜溜，撲閃撲閃地顧盼著
老少爺們的豔羨與憨口水——
一對大奶奶，把那草綠色胸口，
祖國這一小塊領土，撐得才叫個鼓⋯⋯

夾在臭烘烘人群中，你神了！
你不明白：身體這小香樟樹，咋個就噗嚕一聲，
挺出來一把剪刀？鄉親們湧動，
你著魔似的，呆頭呆腦跟著湧動，
繼續噗嚕、噗嚕嚕⋯⋯解放軍繼續行軍，
那甩腿才叫整齊威風：咔嚓、咔嚓、咔嚓嚓⋯⋯

直到父親耳垂火紅，一把大爪子
將你拎走。像拎朵輕佻、潮濕的棉花。
「小兔崽子，石頭都脹紅了臉，你還不羞？」
那晚，曾為地主崽子的父親，彷彿是癲懂了，
一會覷著你，微笑，偶而哈哈爆笑；
一會想起什麼，又埋下頭，嗚嗚嗚哭個不休。

2007.7.29

「那男孩站在燃燒的甲板上」

窗外照例洶洶烈日。街角稀疏樹蔭下，
瘋扯扯奪得風景之錦標者，照例是花褲衩二杆子。
赤膊，光頭，腰際天然救生贅肉，
張牙舞爪，朝飛馳的快艇（奧迪、紅旗等）吐痰，
姿勢也瀟灑──吆喝著，嗷嗷沉浮著，
好一場大流鼻血的喧嘩：鬥地主、砸金花……

請原諒，卡撒比安卡！環顧左右，
騎龍御象者，羽化登仙者，都是如此屌樣！
──第18層市政辦公室內，中央空調嗡嗡低鳴。
她起身，為上司續茶。她是安全的。
指間波浪，如此熟悉上司身上冒煙的甲板、纜繩──
嗨，泱泱華夏皆燃燒，何況上司這小魚小蝦！

「日他媽！豬肉都十五、六塊一斤了……」
那假惺惺欲窮經皓首者，也叫喚，粗口連連。
沸騰海水，如呼哨山賊砍斷桅杆時，
你與最小的兒子，正在燒烤攤上大嚼噴香烏賊。
小傢伙慌神了，攤開航海圖：怎麼辦？怎麼辦？
你狂笑，身體光溜溜：宜用火炭，畫一黑色泳圈。

2007.8.2

注釋：

1798年尼羅河之戰中，「東方號」旗艦起火，法國海軍軍官路易士‧卡撒比安卡不願棄艦逃生，和他的兒子（Giacomo Jocanta Casabianca，時年10歲）一起隨船爆炸身亡。法國女作家（Felicia Dorothea Hemans，1793-1835）寫了一首敘事詩《卡撒比安卡》（1829）歌頌這個10歲的男孩在大部分船員逃生的情況下堅持照料重傷的父親，最後和父親一起遇難的事蹟。該詩第一行「那男孩站在燃燒的甲板上」，經常被人引用。

辯經會

有人善寫冒煙的詩句。其速記簿，轉瞬間
就變黑。他的夢境，下著灰燼之雨。
多少世紀前，一個緊要關頭，青蔥終南山，
我還穿著五彩斑斕百納衣，就曾慫恿弟子
和他扳過手腕。那一天，
齋堂閉門熄火。我一直讓胃乾淨地空著。
上山路濕滑，又讓我頓悟：一天的大部分光陰，
應消耗在對風景的胡思亂想上面！
其實，除了白漿果、消融的山石，幾乎沒什麼
值得我們停下來，理一理微微喘氣的
肝、膽。風是涼快的，我知道，
涉過那條溪水時，名叫「歡歡」的大黃魚會蹦出來，
尾鰭蒲扇般大小，唇吻藍得亮晶晶的，
一條、兩條、三條……就像當地人所說，
它們，會模仿出家人熱烈誦經。
但我一直認為，那奇異魚吟當另有出處：
神祕、寬闊、冷峻……趕至約定地點，
我們的對手，已在蒲團上盤腿睡著了。
一個弟子，用枯枝碰了碰，他竟噗哧一聲悶響
化為一股青煙——今天，在錦官城
購書中心，我又遇見了他。西服，金絲眼鏡，

簽售一部哈戳戳的詩集：《生死之間》。

額頭上，有道閃電形印痕，暗褐色。

我買了一冊，笑眯眯走到他跟前，請他簽名——

這樣，扉頁上就會留下他龍飛鳳舞的容顏。

他抬頭看我，似乎想起了什麼，

又似乎有霧擋在眼前，搞得雙眸水汪汪的

——唉，唉，唉，這迷茫、背時的倒楣蛋……

2007.8.3

等待

街邊女貞樹下，他做擴胸運動。
比小學生課間操還認真：揮臂如槳，
嘴緊嘬，看不見的波浪中，
有點禿的腦袋瓜，一聳一聳向前劃。
夏日陣雨，來得猛烈，嘩啦拉一陣沖刷
之後，就咽氣了。涼意未至，
卻瀠起絲絲甜腥，讓煩悶更為廣大——
植物比起人類，也許豁達許多。
女貞樹又綠又亮，繁盛得有些逼人，
風起，那一嘟嚕一嘟嚕小腰子，
好似充盈著用不完的神祕汁液，
在頭頂鬧喳麻了：一個月前，
這精緻、可愛的寶貝疙瘩們，還是些
枝葉間沉默、細碎的花——
他，還在樹下做擴胸運動。他背濕透了。
而她腰際，有一船形詭秘刺青，
如細細撫摸，會湧出真實的海水：
「帕耶羅珀，也是朵細碎的花？」
唉，他很想大呼一口氣，讓祕密減壓。

2007.8.12

夢

如其所是。天上有淡墨色積雨雲，

希望，為它鑲上金邊——這樣，即使

那些悲觀者，小小的悲觀者，

團身墜下，雨點一般將船塢敲響，

你也可收穫寬慰之落日。難道不是嗎？

太陽心臟，貯滿神祕液體。

沙灘，細膩而微涼。一排排海浪，

從赤裸足旁，一直鋪展到不斷蒸騰的遠處：

其剎那湧現、剎那碎裂之裙邊，

於某種顫慄餘光中，從深藍，

漸至淺藍、微黃，進而，璀璨至金黃！

我們都曾在海浪裡待過，作為

海藻、氣泡，抑或清寂而慈祥的海象……

現在，錦官城就是那荒涼船塢？

曲街彎巷，如海底皺褶，塞滿鹹腥淤泥。

我們卻是旱鴨子，嘎嘎搖晃著，

瓜兮兮，慢慢托身於榨取體液的伎倆

——死亡，或許是個顫慄的出口：

向著寂靜，側耳擱淺身體中的片片海浪。

昨天，我們一同仰望著錦官城上空

淡墨色的積雨雲，看她在風中悠悠消失……

晚上，你就不爭氣地做了夢：

細膩、寬闊的海灘，落霞絢爛至極。

海浪轟鳴聲中，兩頭體形龐大如山的抹香鯨，

衝上清涼海灘做愛——不慌張，

不頹唐，優雅性器顫慄著濕潤的光——

從深藍，至淺藍、微黃，進而，璀璨至金黃！

2007.8.13

黑社會

似乎，作為清涼盛世之妖怪，
你那噴火器，你遠觀如雲、近視金黃的鎧甲，
你那迷香⋯⋯嗨，就是與俗物不一樣！

今晚，蓉錦一號，你笑眯眯招待乙方——
紅燒甲魚、雙椒鹿肝乃必點菜。城西500畝地皮，
早疾風暴雨，喔嘟嘟，捋順了野草方向。

「明月彎如刀，寒冰弓裡藏。」
左青龍、右白虎，錦官城風水，任你悠悠調度。
遇神仙招架，只需要耍幻術，一會姓斛，一會姓薑。

你那千金，卻寶器燈籠，迷上了嘔吐、寫詩。
16歲年紀，3000多年理解力，
句子寫得風中柳條似的。她，不解你的恐懼。

偶而，在你家巨大觀景台，她邀我看落日，
默誦米沃什之詩句：在力的世界裡⋯⋯
你呢，則狂吼大風歌，雙眼鼓凸，奔騰燦爛殺氣。

2007.8.14

瞅　　有點難了？很難了⋯⋯那麼多雙眼睛，
　　　　瞅著這發生的。這雙眼，很難讓風景再度清晰。

　　　　有時，朝如青絲暮成雪是準確的，
　　　　有時，天氣好，則需應允小花蛇，腰身慵懶，
　　　　蔑視江河，悄悄反抗奔湧的真理——

　　　　手機壞了，修修也好。有時就大可不必：
　　　　讓那些愛你的人、找你彆扭的人，
　　　　統統在風中跺腳、乾著急。想一想，
　　　　這未必不是件妙事呢。一位老資格公務員，

　　　　正在市圖書館搞講座，高聲先進性教育。
　　　　堂下一老妞，聽得無名火起，蹦上臺，
　　　　清脆地，賞他幾個耳刮子，並大喊抓流氓呀。
　　　　嘿嘿，想一想，這不也是件可樂之事嗎？

　　　　有可能，會在這兒過完一輩子，
　　　　兩隻瞳眸，越來越調不好焦距。但我知道，
　　　　無論何時，只要你走出迷霧，瞅過來，

我都是那可笑的奔湧，是小花蛇……更重要的，
是那瘦老妞、胖流氓，是縷縷模糊的熱氣。

2007.8.16

2
0
0
8

秋夜凌亂

櫻桃樹垂向古老的大路，

過路人都已死了，只見一片落英，

滿地花瓣像準備誰的婚禮，

那是陽春五月……而今，秋意漸深。

———改愛德華·湯瑪斯《櫻桃樹》

0.秋夜凌亂，邀影對酌。讀片《我的名字是伊莉莎白》，難以遣懷……

岩漿，乃熔化的時光。地心灼熱。

「地衣，能否模仿你的呼吸？」

瞧，這地表流沙，摸上去，冷冷的……

遭遇與分離……地球上，生命脆弱，

美妙的是小混亂、大偶然。

所以，請永恆不要出聲，

請看水中笨魚：人，終究愛奇幻，

小小地球，正慢慢黯淡下去——

太陽熱滾滾肉身，某一天，也會冰涼。

數十億萬年照耀、燃燒，

孕育了地球，也遵循不移的規律。

今夜，我決計不為飛砂走石

而疼痛。斑駁頭顱，埋得很低、很低，

歲月，餽贈了記憶和寬懷……

哎，可以確信：我來過，伴隨細弱

春風，曾將一粒沙，輕輕含在嘴裡——

這兇悍的吼獅，會和銀河一同老去！

1.附錄：對《秋夜凌亂……》的一點補充
　　說明

想到第一個詞：糟糕。

當然，意思是我寫得太糟糕了。

但又想：糟糕是必然的。

寫地球、太陽、銀河，自己又未

在顯微鏡下觀察過它們，

更不可能跳到太空外，看如何運行。

所以，糟糕是必然的。

倒是仔細觀察過水裡淹死的一隻瓢蟲，

鼓兩個眼框中的凸透鏡──

陽光下，那橘紅的殼，漆黑的圓點，

亮閃閃的。已忘了當時

是否問過：厄運降臨時，為何

不用小小薄翅，飛離水面？

你知道，這，會觸及陌生的恐懼。

……洗完澡出來，光著身子，

光著滿身粗礪的暗物質，

斜眼，瞥見飄窗前那盆鳳仙

開得昌明，就動了澆花的念頭。

晨曦照進來……買花時，

曾在花型差不多的兩盆鳳仙間猶豫。

也許……並非我在猶豫。

有一少婦，指點我買了這盆。

但她，是否也指點了別的黑暗呢？

現在，我能回想起的是：

豐滿的她，眼眸水藍，閃爍濕潤之火──

多少天了？這盆花，慢慢養著，

不知不覺裡，已開得出奇的妖豔。

2.箚記，就算是箚記：對《秋夜凌亂……》的再一次補充說明

其實，好久都沒寫詩了。

我恐懼。記得一位波蘭詩人說過：

沒有什麼會比太陽的

第三顆行星上一種清白的良心

更兇狠野蠻了。你，一直

在克制這隱疾，儘管看上去

似乎不可避免。現在，我想寫的是：

秋風綰起綠髮，你在星湖中

默寫著一張從未遇見過

但又無比熟悉的臉。是這樣嗎？

對於東坡，那是五祖戒和尚，是眇目。

風，翻檢山梁上的綠礦石時，

也是因琴聲而撕裂鏡面的靜電。

可是，這裡，那裡，我從沒信過邪！

樹木、昆蟲、猛獸，都沒信這邪。

「貝蒂……貝蒂……貝蒂！」

「蝶翼……蝶翼……蝶翼！」

光瀑翠綠，顫慄其中的手，分開

刻滿蝌蚪文的胸骨，彈奏
一片大得不可比擬的傾斜草坡⋯⋯
也就是說，我篤篤朝向你，
朝向童年金黃的孤單，涼涼地喊！

3.十日後，讀《秋夜凌亂⋯⋯》，激起失
敗人生的小小漣漪

對不起，看見多少事物閃耀，
唯獨不見懺悔、信心。
誰也不願過多談論言語的無力：
一首詩產生，銀河微微動盪，
不可能的，成為可能。
一個詞，又一個詞，釋放清新的霞光，
純粹而難以界定的含混⋯⋯
昨晚中秋，照例一輪涼爽圓月！
熱忱與想像力，會讓某些人恐懼。

經歷過的事物，還會經歷。
尚未經歷的，數沉默最為神聖——
舌尖溫軟，又潮濕，適合為小黑暗梳妝；

歷史，手擲「正義」雷霆，

表現極為強硬！你用鋒利小刀

在樹幹狠狠刻下「……到此一遊」？

但可能，那只是閃電所為。

樹身乃眾身，小斑駁、大夢幻，

你手猶豫，懼怕學會真正地血腥？

4.想來，寫下《秋夜凌亂……》，是為恢復久不留意的呼吸記憶

沒有比這句子更放蕩的了：

他，慢悠悠與水交談。

周遊世界，隨手中止所有暴君的統治。

驚異於神跡的口氣。

有本書，如此談論畢達哥拉斯。

真奇怪，總覺那是孔夫子，還含沙射影，

奚落了昨晚迷迷糊糊的春夢。

哈哈，紅漆對晚霞，也是這樣幹的。

幾年前，泰山腳下，嗅著風，
撞見淡綠與霜白交雜的蛇蛻，一堆清涼
蜷曲的火焰，匍匐於水底。
但哪來的水啊！他嘔吐，
邁腿，一頭栽進回聲嗡嗡的乾渴裡。

必須考慮：他，幾乎就是兒童。
乾淨。新鮮。熱烈。柔軟。絕望。驚奇。
可以考慮：神祕是條石斑魚。
它不在時，風在，別的事物在，水在。
一種偉力，寫下晚霞中燃燒但沒灰燼的句子。

言語中的月亮，不再消失。
圓睜環眼，隧道旁水與經驗閃亮著熔渣：
舉鰭、投鰓，搶身跌落光的懸崖，
清涼粉碎，彌散在瀑布裡？
「他死去，僅僅關注你虛構的呼吸。」

5.人類記憶刪繁就簡，也可說塗抹中蘊含深意。故爾，《秋夜凌亂……》只是某人的一次偶然筆誤。

世上只有兩個人，男人，女人。
所以，女人沸騰誰勿需理由。而男人
的另一個名字，則是愚蠢。
記得兩件事：一是女人最先領悟
知善惡樹的密義，她讓男人
去犯禁。女人為何有這智慧？
一說是蛇大師的循循善誘，
這有《聖經》作證；另一說直指上帝，
懷疑他萬物中獨獨迷上了女人，
故而偷偷贈與她燦爛異稟。
持此說法的，也有好幾部偽經。
第二件事，是男人被逐出伊甸園時，
曾愚蠢、憤怒地朝天使擺手，
似乎在呵斥他離自己遠點。
米開朗基羅，用一壁畫，記錄這事。
男人，被畫得有力而微微變形：
他的頭，痛苦地扭向另一側，

以避開天使悲切的眼神。

如果我沒猜錯，米開朗基羅並不

真喜歡天使。那翅膀，弄得

既滑稽，又困頓。其實呢，

沒人該完全信任自己所相信的，包括

記憶：相對於萬物紛繁的生滅，

人類，具有某種特殊毒性。

男人，天然帶著罪的把柄；女人，

則關聯於某個神祕陷阱——

惟有那尚未展開人形的嬰兒，模糊著

萬物界限，從這裡，到那裡……

是的，素面素心，彷彿清涼的微風。

6.有時，厭倦抽象並不觸及真正的厭倦。
秋夜凌亂，想起「神奇」半年前來信。
曾請教流體力學專家，他說這是我自己
寫的預言，名曰《航天時代的數學》。

本來嘛，我們本來夠不著。

航天時代了，一個晃眼少年天才，

漫漫電波騎士，白雲之上，
吸溜著鼻涕，編織翠微與數學。

穿越夢境，輕藍帶來消息：
集市有品相，雪山獅子都渾濁
──說到清澈，這淡綠皮繩，
點不燃呢，卻捆緊過奔湧的江河！

舒舌尖，起禪悅，苦悶幾何呢⋯⋯
不用再嘮叨銀河的糗事吧，
他醉了！晃動舟楫般性器，
小圓鏡藏瞳眸，晃點你，碎裂我⋯⋯

似乎，應將袋鼠遣散到星際外？
蟲洞酥嫩，一粒氣體珍珠，
卡在宇宙小奇趣和大火之間：
呵，這騷貨，這無形、清寒的數學！

7.秋夜繼續凌亂。天狼星，晃悠到道鐘斯指 數的世紀拐點。蝸牛聽到上帝哈哈大笑。

不要懷疑，靈敏決不會毀於嗜睡。
正借了幽睡，牡丹亭中才有水。
懷疑，激進救市計畫：灼熱硬幣，貼上暗褐的雲。
雲下，你假道非洲的乳頭，也一驚。

遊園方驚夢啊。奢侈，當否定憤青？
廟宇與江湖，比舟楫隱身，天人順差懶得打理。
嘿嘿，石姑姑電梯間送微笑，送
微藍、脆生生的仁，金剛水嫩的仁！

套利清新道理，實在腿得狠喲。
當然，枯榮有週期。降息加刺激，鬆垮垮新經濟體
　　　屁股，
將噴噗哧聲，對準新秩序的腦門。

鄰居手癢氣球，捏響尾蛇尾巴。

你仍幽睡。夢中,「神奇」沖太平洋喊柳夢梅,你
　　不應。

引航,引航……我們一起鬼胎寶貝親親。

8.秋夜如此凌亂。前半夜,聽隱約波浪。後半夜,思事物為何恐懼自己的名字。

不惟修遠……把落葉踢遍。

我們有罪,何止鍾情貪婪!

持續增長著,失控的三聚氰胺,

迫斯巴達野蠻時光,淡出鳥來。

那時窮極冷酷,卻並不陰險。

你蠢吧?哪明白啥是硬道理。

臉兒胖嘟嘟,牛奶熱乎乎

秋風廣告,催開盛世童年:

咂嘴喝下,身體成為帶陰齒的炸彈……

「洶洶利益,可讓良知免檢。」

政府腎結石,誰又負責排出?

遙望數代,未來花朵齊驚叫:

「這痛苦皮囊,究竟從何來?」

臭雞蛋,呼嘯!砸碎聖像哆嗦的臉!

9.秋夜凌亂，風光一時的對沖基金，成為替罪羊。有人說：這秋天，是經濟的嚴冬。

慣於非一般聚會，鷺鷥騰起神趣。
多少眼睛，盯著數字「1」？
借了天狼星，宇宙虹膜，調准焦距。
飲酒櫻花樹下，嬝嬝白煙子，
打包虛空哲學，分割細膩，
更比漠漠水田，黃鱔肥瘠。
呵，雲霄也鄉下，快腿杆積極賣空，
竹簍子中，筐滿潑剌剌白銀……
熱辣江山，仍在！見夢露將暮雲指點。
「小夢露，夢露，小夢露……」
抬眼故世，人民喚得歡實，殷勤之極，
一股震顫，自丹田直湧舌尖
——幾乎醉了！數學夫人
探月，卻在東窗外那名叫天狼星的
稅務樹梢落草，獠牙脆生生的。
當櫻花，落於赤貧者懷中，會碎裂，
會永久悲憫……那結局就意外。
但是，淘氣小夢露，是個美人胎子，

更是條寵物狗，攜綠項圈，

細弱門檻外，埋首一根腿骨。

風，灌進喉管，它真正的食物，

是你工資單，更是裡面騰起的塵煙。

10.秋夜難免凌亂，讀「叢菊兩開他日淚」。嗨，孤身犯險不如邀月轟飲，不如鄙棄……

不說通過綠色莖管催動花朵的力。

那麼，安時便可杜絕輕狂？

未必，當然未必……守順呢？守住一澗

寒流的犒賞？你有花白首級，

土包子星球，便開始詞語的劃槳：

咦，從詞根分離濕潤，有點難。

新欲望，舊引擎，頭頂這鍋宇宙湯……

行了，沒有理由指責任何人。

我有罪。誰是溫暖奇點，多汁又圓潤？

陰影，含住細柄，漾金色茸毛。

霍金的宇宙初始模型，就這樣子——

但他肌無力，後又將其否定。
風起驚秋霜，貝蒂的行囊，湖水暗漲啦……
我在！劣酒入喉，撕裂詞語的暗光。

還想怯怯附耳：貝蒂，莫孤身犯險！
祖國之圓月，又美，又瘋狂。
這星球上，你就讀的學校，多麼暴力──
經濟呢，一條不死鯊魚？我們這些蝦子，
也需神祕生物提防。爛醉如泥，
胡言亂語……秋風，於白色基座刻下：
愛，允諾比喻，也是另一種暴力！

（2008秋，成都）

曲苑雜談

玉露凋傷楓樹林，巫山巫峽氣蕭森。

江間波浪兼天湧，塞上風雲接地陰。

叢菊兩開他日淚，孤舟一系故園心。

寒衣處處催刀尺，白帝城高急暮砧。

———唐・杜甫

上闋：曲有誤

1、鏡中曲

夜深。塵土擠到飄窗跟前，

房租肥肥地叫，玻璃上，現麋鹿蹄印。

良人，埋頭修理胸腔裡斑駁、碎裂的暖氣片。

嘀噠聲，滲進路旁暗紫石塊。

把磁鍼向後撥動萬分之一秒，都不可能！

靈台蘊良知。良知，忠於另一虛構

……噫！肩高於頂，比於列星，

若論齊物，木星，是地球的一千三百多倍大小。

針尖上顛倒日月啊，這苦夏，雪花湧出你模糊的

　　掌紋！

經濟，禁忌著錦館城，小惡俗

清洗華麗鼻毛，埋首夏夜輪回啤酒裡。

可學師家手眼？鏡中花，也有遊龍戲鳳的本領！

2、迴旋曲

　　像曼陀羅花拔出地面那樣尖叫，

　　那聲音，使聞者抓狂。

　　　　　——莎士比亞《羅密歐與茱麗葉》

事實是：獼猴桃也叫奇異果；

滿坡映山紅，邀階級

為杜鵑手語！當天地舞成一池羽色，

海拔必然更高，尖銳廢黷

舌尖邏輯：世紀喉嚨的深處，

正滾出羊群……雪線之上，
瞳眸點點薔薇的，為格桑賦曲。

那你，吟哦何種曼陀羅呢？
吮鍾形水母，比無形電波鋪展得
更遠的花瓣上那一抹幽藍？
橫笛樹立借喻，多年來，
虛空針灸著金融中毒素的味蕾……
事實是：喜氣入酒，果真會
愛上末世別名，吹鼓奇異的正義！

3、困頓曲

今日，誰也無法控制，
岷山融雪清冽。但在這裡，
金融活動頻繁，張嘴辛濕霧氣，
錦館城天氣，如此悶熱了！
意識形態插線板，美人
瞳眸裡閃亮的鎢絲，與其
為餘生保險，不如
替蛛網上小蠓蟲無私、性急。
鈍挫一下下，如此爾爾，

終南山多山洞，懸浮

列車在雙軌制上無聲疾馳，

虛無的舌頭，預期

仍有熱刺刺之電流海量交易

——今日，小小容身之地，

要你支付內存[·]，刮除

青蛙舌苔……我把自己的

三張羞澀儲蓄卡，直直清空！

落日，等著親吻那一屁股

渾圓外債……接下去，

它準備在你尾椎上撐緊馬達，

突突青煙中，嘻笑吧，

雪水湧進燈紅酒綠的夜晚，

一寸寸捶打，黜聰明，墮肢體。

4、小夜曲

一株夜來香，舌尖鬱悶制度，

但模糊性，尤其鮮明；

薄衫若半卸，微雨輕喚麒麟，

[·] 編按：內存，即為記憶體。

知時也就會亂了分寸。

俺，俺……蟄於抽象時間透明的蟬蛻，

明確著邀請，比一粒逡巡水面

的灰蜘蛛還惱人——

如果是博物學家，足底生綠須，

或者在不可能的夢境

吞吐過浩淼煙雲，

便可試一試，將蒙塵鏡面拂一拂。

道德之冷，會將手指灼傷。

舊足跡，漸漸也是

慈悲大雪下貧困者的

小經濟，博弈於肉體之高效率

與假公正……其實呢，

我的夜鶯，這時代，找到

稱手的鋤頭，比怨言重要得多呀——

穿過黑暗街區，我徒步而來，

夜沉沉，你比閃爍雨絲更知我底細。

夜來香是真的，麒麟也真，

川普捲舌為齊魯方言，

長元音搖曳……你走得遠，

吐絲，密煉，彈奏著呼吸以踵的新人。

5、搖籃曲

此刻，我搖了搖；幽暗的電鰻，搖了搖。

呼吸……浣洗閃電的知識……
水畔，窺視蘇珊娜的長者，鬍鬚是飛舞的白銀。

常常，遠古神靈，混形於猩紅蟾蜍，
風吹胎記，塗抹火焰之冷。

圓潤啊，克里奧佩特娜，耳垂，微縮海岸線色情的
　　弧形！

但記分員太醜，太、太醜啦……
太史公避諱這個結論：教誨之軟，扛不住帝國之硬？

真相是：生於中國，你有台暗綠的冰箱。

6、戲謔曲

收藏晚清牌匾的茶房，並不
收藏上半年政府經濟

報告中多霧的產業結構調整——
正經了舌頭，直說吧……
「我有一對獅子吼，愛胖墩。」
茶渣足以自喻，置地板，除異味，
當蝸居可環保出一牆鵝菊——
但神祕，總不能夠正確流行呢。
府南河向黃河學易容術，
泰山輕易壓垮了峨眉，
但金髮黑客，欲板磚老資格網警，
則有些難度……放眼望，
此處真流行的，乃模擬真心。
「發狠吞了混帳，就平步青雲了。」
這話可不是隨便說的，
說歪了，就會訛傳成獅子吼。
數一數，窗外雨滴紛紛亂，
旁側黃瓜六七根……如果你
是叢林銀行的勤快人兒
神秀，那南伯子葵，就必是
魯迅，晚清牌匾下的好袍哥，魯迅。

7、夜奔曲

　　昨夜，狐朋麋集梓楠，近子時罷。興再起，
與二詩兄疾行成都街頭，或談或停，又飲、
食諸物不計。間或話及禪宗、青黴素針劑、
12歲的歷史學家、末世、美人、歌詩等等。

胡僧喜詩，月影推窗話桑榆，
溫潤了，內外好沒來由的一片道場！
年輪。眉批。漆黑法器。
皮膚微癢的苔蘚。松露。
青春年少，路邊燒烤攤突至的小雨！
我們散坐著，四肢實在蹊蹺。
好賣場，敬服遊蛇步韻，
山冒煙，雀舌清除語病，
一環扣一環讓烏有國流質化，
鬆開髮辮吧，襯衣裡驚叫喚的彗星！

8、抱柱曲

社會制匯信義，流年裁新衣。
裙擺拂塵，去頭頂綠草，雲有雲的理論。

我萬分贊同……造化當然喜人，
報曉時，你左臂，不是雄雞又是什麼呢？

欠了房債，屁股大如車輪，轉動另類
風火，於是全體讀經，民俗

著力死中開發新意。池畔，青蛙
混淆蛤蟆，偷窺心意吵架，大汗淋漓……

前日，陪黃粱一夢，同登青城，
半山腰，雨追上我，松亭截獲龍的短信。

千年銀杏，報廢造景者，散裝小娛樂。
「白晝……洪水，找不到灰燼。」

穿越上百公里，今夜，幸好可
抱緊雷霆：凡身潮濕薔薇，需酣醉一回！

9、出塞曲

搖曳微光的黃昏，脛骨倦了。
威廉姆森，從新制度經濟學白晝

抽回雙手，學習此處微甜的綿。

整下午，錦館城小白魚，

躍出涼爽淡綠的水，探身溪畔

圓石，曬粉色魚鰭。

其實，我也曬點什麼，決不依靠

攤位，或市場回溯於制度：

天蒼蒼，野茫茫，暮色匝地的一剎，

我的身體，亮一匹火烷布！

下午，同威廉姆森握手時，你

驚異於自己竟然摸到了

蠑螈細足的銅銹——

現在，搖曳微光的黃昏，足跟倦了，

好身體，應被什麼捏碎過，

但此刻，是霓虹，更是火烷布——

當然，集權不用解釋什麼。

親愛的，我說睡會，就真裸著，睡了，

你，還要繼續碼字，還要

在一枝枝螺旋形火焰中，

親吻那廟宇般隆起、充血的山峰！

10、果然曲

果然神獸，果然鼻露向天，果然蕩了過去！

果然一條毛茸茸分叉的淡金色長尾，海景房中，
分開胸口閃亮的警徽與喘息……

一隻蝸牛，搬運宮殿，留下細長、黯淡的水漬。

海邊，果然可以文字，組裝濤聲渴意──
不可組裝的，是你不知為何憎恨那個果然的你。

將警徽和諸般確定，扔進深海餵魚吧！

嗨，《山海經》，《南國異志錄》，有你出沒的
　　記載：
世界遇佛之處，果然青翠，滿眸雷雨！

下闋：嚨咚嚨咚嗆

1、股市進行曲

歷史，削圓謊言對自己的篡改，

離間辣椒隨意伸進

風流幻景的小足尖。風格

豢養金魚，利好佛光、活性炭、霧嵐，

實在……厭煩了清醒，

身上水池，升降紅旗、綠卵。

言辭……鼓指而演恥，

好樂曲，約來明月溝渠……

割舌吧，女壯士，結晶童年擴散的癲癇！

它們收視透明，比空茫大一圈，

比薄霜新一圈——

經濟學杜絕買櫝還珠，

環形倫理劇場，派送著門檻？

割股伺親，喝止吐藥汁，

粉臉，圓於落日恍惚的幽怨。

就這樣，反穿皮靴的美，要樸實、

親切些。廟堂新……哈哈，

這江湖，滿倉哲羅鮭；剃頭匠，吹氣若蘭。

2、中秋意度曲

慣於輕身，所以無妨春天。

若沉悶得嫻熟，秋聲，就真正不遠啦。

稀奇古怪的政體！周吳鄭王

看輪盤。人生自產廢氣，月餅模仿渾圓？

月亮形象，由萬千江川負責運送。

我和烏有暗中幹仗的手段，

也由液壓感應裝置，傳遞到你比月餅

更渾圓的臉。越病重呢，人生

就越觸目，而實心眼水煮疆土者，

拂去瞳眸上蛛網，曲尺於淡淡綠霧，

以及那崩盤般、突然通透的燦爛！

瞧，正義起身，草尖抖落細小、渾圓的

露珠……此地涼爽，諸事鹹宜，

對比閱兵之荒誕，我的要求只多一點點？

3、和平奏鳴曲

其實，為你喝采，難免

撒開腳丫子逐浪，

難免不現實。只是，

興奮於逃逸一剎那自己。

飢餓年代，偶濺舌底波濤，

拂曉，擰亮星眸中

血色憂鬱，留下來吧，

我煽動你顛覆自己，

首足無妨倒置，

直言叛國，笑納假作真時

真亦假的遊戲！對了，

戳穿這老朽，犬牙脫穎而出，

銀牙粉，助益街巷衛生：

魯迅若想呼出魯迅，

其實，並非要騎獅於

滔滔雄辯人與非人的氣勢！

經濟，也不全然緊急

於太驚悸的東西！

我承認，二十多年前，

少鹽就挑逗了我少年的情緒，

現在清算奴役的中年，

看見的，仍這麼多──

政治果然更苦澀，

另一廣場，舌根枯腥味

使火焰一次次開裂：

某個事實，言辭喉嚨深處的

一根魚刺！我的悲觀，

你理解？那最後的獲得、

放棄，必然複雜於時光的

估計。愛，必須沉重地活著！

風聲刺進黃昏肺腑，

擁泣，所有陰影，還有

你⋯⋯但願不是被追撫的孤寂。

4、風雷救市曲

服從但是俯衝，通漲使腰包痛脹。

枯瘦老兒，左支右拙於慈愛，思日常，

晃眼同帳者，頂帶花翎翻新了，
布衣卜信義，風雅頌掩不住案板假嗓。

單是胡蔥，就逗味蕾，教你風月滋味，
何況，她有一大堆鮮豔國籍呢。

天一生水，嗓子冒煙。你暗地說：操！
已幾個世紀了，舌尖湧出銅銹新的髒！

但使寬恕，俯察借貸甜意中剩餘了誰？
它知道，歷史與破圓鏡不一樣。

第一次老就重複啦！飄洋過海，
救國先賢洗舊過，隨身攜帶瘦身香囊……

傻老兒，服從款款解帶中腥臊的
膽識：俯衝吧，粗壯葷素通吃的銀行！

5、沙彌入世曲

與其談論未來，不如虹身，
不如胃口斑駁的借貸，款款而來

……經文執著甜蜜浮財，

不如佛學產業化。一級級果位，

拆遷名山廟宇為昂貴樓盤：

世間多事，天上就掉下

蔥花餡餅，砸翻虛無磅礴的天才

——他腳下，浮雲流連，

公權攜一串鼻涕蟲，卻被踩扁。

我的幽默，你慢慢會懂，

甚至比我更懂。蔥花只是調料，

重複的大白話，可用時局

湯汁，調製出舌尖上舞蹈的心花！

其間技藝，比春風拂過他

制服上忽閃的銅扣，多點朝霞——

白色借貸中，你多麼特殊，

緣來，就有結實的未來，

虛無也來，雙腿間夾枝電子喇叭。

6、鳳凰浴火曲

辯論，恍惚涉及衣衫襤褸者

胸口的毫毛，一叢枯黃凌亂的毫毛，

被秋風捲成匍匐的漩渦形——

從時光湧流的方向看，

肉體再卑微，也有灼熱齒輪，

泥垢呢，姑且不論。荒草經營千年，

好時節裡，可逆轉論辯的

邏輯煙雲：變得隱晦的，是憐憫，

是政府微笑借用的倫理懸崖。

我們收支，刷新筆筆糊塗帳，

多汁青春，進步海綿可一一歸零。

歷史就是離開暗夜哭泣的詩，

這，你會說過於虛無？

那換一種方式。若浪漫主義

瞪圓眼睛，也敵不過一滴宇宙的

魔幻現實，你仍會同意模仿

濟慈，或者華滋華斯？

想像胸口漩渦，在欲望推動下，

變聲成狂暴的水龍捲，譬如「鯰魚」。

自然不憐憫，軋軋轉動巨大

齒輪，要在脆弱星球上鑽出一個

永恆結論？我們都明白：

想像，比現實遜色不少，

但，再細微的真實，都只能

通過多重想像的漩渦，來完成⋯⋯

繽紛星雲中，萬物苦於

鐵的證據，惟有具體死亡可以裸呈

──現在，我還不會和死亡

握手言和？其實，這是風景詩，

襤褸大地露出了胸口，你和詞語，

知曉我是來自規劃局的論敵。

城郊一片鳳凰樹，風起，一叢叢毫毛，

它的倒伏，有時也是你在倒伏：

詞語搬運辯論舌尖的靈媒，

或者，荒涼白紙上一聲輕抑的呼哨。

7、中古夢遊曲

　　進入修道院，發現裡面有許多魔鬼，但在市場上卻只看到一個，獨自地在高柱上。他覺得奇怪。不過，有人跟他說，這是因為修道院是用來幫助靈魂擁抱上帝，因此需要那麼多的魔鬼來引誘教士，讓他們走入歧途，然而在市場裡，由於每個人都是自己的魔鬼，因此只要派一個魔鬼去就成了。

　　　　──修姆伯特‧德‧羅曼斯《講道》

如果真正活著，指甲暗長，
半壁江山會漸漸醒來，
紙張上，浮現郊區林木的蕭疏
以及有氣沒處撒的滯脹……
所以，你有點紫色的鼓凸。
呼吸裡，與我談談刀子，可以嗎？
你不是夏洛克，也沒去過
輕風引雨入船涼的江南，
談什麼都危險。割下一磅肉，
不流一滴血……財富自動
降臨被詛咒者身上？所有可能，
亂雲飛渡中卦象的種種可能，
偏安筆尖，瘦金的可能，
內藏不能洞穿的渴與冷，
都指望在城市皺褶裡交錯生長──
里亞爾托橋，神祕的熱鬧！
後來，鑄造廠分隔了這熱鬧。
且與時代交換，暫且從良，
暫且捲入銀行的瀑布，急急沖涼
──那暗夜中捲心菜的叫喚，
城鄉一體化中野花的腳環，

就算了。更早的中古，科舉
不廢異能，風雨調養藝術，
飲食入於頹廢、精美一竅，
破碎正常……十字軍東征歸來，
滿腦子血腥和香料的味道，
一如此刻，刀子破空而來，
紫色不僅僅是某種滯塞，
詞語法人，滿心眼新演的名堂：
肉桂來自錫蘭，絲綢來自
瓷器故鄉，從印度帶回的，則是
滾滾的番紅花、豆蔻、杜松、茴香……

8、中陰狂想曲

何必談論思想？這麼多酷吏、早春……
再加一滴朝露，往生，就圓滿了。

呵，漫山野流氓，與死相押韻！
話語禁忌一角，陰莖上飛龍刺青另一角。

或者，試試經濟方向如何？
試試割袍斷義的芳香，又如何？

雨後春筍，看後生貸款千萬

炒房。思鄉，新墳脊上細密魚鱗的激昂！

9、基本無事曲

淡定哥力擒晚霞，風水，調教

國企針尖攢動的舉意……

向左，向右。向右？向左？

瘋了誰都不能封脊柱之髓——

這，基本無事。即使明日涼今日，

賊紐約摸黑翻轉成陝西，

或者，取道中庸者，舌吻七星蛇，

看上千人麇集街區，砸砸紅色

Ma6，砸砸自家小枕頭上

江山的好脾氣……火藥來炸廚房，

基本無事；火藥是紅皮白心

蘿蔔，是翠綠的萵苣，基本無事；

火藥讓活膩的鯽魚在餐桌

高唱呼爾嗨喲，基本無事；

有人不吃鯽魚吃露珠，基本無事，

在脊柱裡，挖挖青苔也算；

吃露珠不如扮相酷酷，拾

官運手揮五弦、目送飛鴻的機遇。
老無所依者，極力扮演但丁，
滑稽笑星，卻扮不了貝亞特麗齊：
覬覦即急雨，或不如不吃，
成就基本無事：你白，你太太白，
你太太太白⋯⋯我突然有點黑，
背脊長出枯枝，找不著北，
我仍基本無事人？誰？誰劈開了
肚腹辛酸的愛？哎呀，CPI
抽象，紅燒肉具體，以色列
太遙遠，火器噴湧落霞孤鶩寄語。

10、恍然有悟曲

星空。簇簇明亮、溫熱的松針，
幽微處，光影有緊密的質地，
我有卷刃、融化的偏好。
別的事物，才是滲出白色霧氣的縫隙。
多少次，哦，多少次，我們
談詩，在金沙茶府，在清明的地下
當鋪和昏暗歷史感面前，
我們談詩——隔著一地貞定的

雞毛，朝對方，投擲翻湧藍色輕煙的

微型月亮！有好幾次，配合

那條寬闊、神祕的河流，

你悄悄停頓，扮演兒童來回勾魂。

常常，市場緝私員會在此刻

現身流星，充當命運嚴苛的老師。

窗外天街上，始終有台機器，

嗡嗡震顫，無論是你，還是我，

都未看清過它，它的情慾、凜冽霧氣，

還有堅定的、彩虹般的意志，

似乎只對我們隱形。是的，只有

這些就夠了！誰也不能在

泥漿似的燈光中，提煉出堅韌的鈾，

誰也沒神聖理由，重新造人：

你我都有熱乎乎的器官，一旦

敞現星空，都會額頭明亮、枝條新穎！

2010

注釋：

奧利弗‧威廉姆森，新制度經濟學命名者，獲2009年諾貝爾
經濟學獎。2010年7月2日，威廉姆森應邀蒞臨蓉城某經濟論
壇，並作有關中國經濟問題的演講。

跋　街道

啞石

　　長期以來，我覺得思索生命的「一般」意義是非常枯燥的事，甚至是無甚助益的。常常，我不由自主焦慮的是生命的具體形式，是這些具體形式中生命流動的質感。

　　譬如我長期躑躅的這條街道，彷彿多年以前就是這個樣子了。它的改變和保留都非常有限。黃昏中，我能清晰望見街面上慢慢騰起的粉塵，也許，這有些落寞、但花粉病人卻能無恙通過的淡灰色煙幛最大程度地混合了妙齡女郎豐滿肌膚微熱的呼吸。她可能是一個生活的樂天派，領口開得極低，常常夢遊，自己卻不知道。有一次，她竟然在明媚陽光下嗅出街道散發著濃烈的罌粟氣息；也有可能，她是個半吊子令人生厭的虛無主義者，總是和街樹濃蔭下的舊衣攤小販拌嘴，然後兩手空空走進一間名叫「深色之藍」的水吧，很閒雅、也很快感地喝上一陣子冰水。但無論如何，這是一個人，而不是兩個；而這一個也是街道上那些有著清醒表演意識的眾多女郎中最為模糊和幸福的一個。

　　其實，一個人的內心比這街道還要微妙、混亂，即使他生活得非常「明白」。常常，生命被另一種力量取代，並沿著那種力量的「慣性」永久地滑下去。你不可能清楚：為什麼她與你要在平庸的街道上相遇，並於相互的眼神中留下永久的擦痕；而那些街樹，依然會歲複一歲地青翠、枯萎，哪怕你總有

不恰當的感覺：它們被強制性地排成整齊的排，襯以霓虹愈來愈誘人的招牌、建築。那些不知名的雀鳥把清鳴留在了哪裡？當她們翻飛、糾纏，並在人行道上拋下柳絮狀的陰影。

所以我對生命的焦慮，依然浮現著生命之「一般」意義的暗褐色「水印」，這是個「悖論」：當你渴望著擺脫虛無，進入那無嗔無怨、結結實實的「在」，晦冥的遠方就總在你身邊，驚擾你，拍打你，甚至你有可能在白日夢中伸手觸摸到它朱紅色的、一不小心就帶有暴力陷阱的觸鬚；而當你鄭重其事地對待它，力圖弄清楚它的含義、手勢，尤其，當你試圖將其作為影響了體溫的具在之物，並萌發與之交流的想法時，它又會毫不猶豫地逃之夭夭，這時生命更是會陷入一種毫無感應的狀態，漸漸地，你將變成「披著潔白羊皮的狼」，或者，變成沉沉暮氣中將街道踩得咚咚直響的獨角怪物。

於是，里爾克以一種無比精確以致有些誇飾的語調寫到：

> 他們飼養它不用穀粒，
> 總是只用或然性，它應在。
> 這或然性賦予它如此強力，
>
> 使它從前額長出一隻角。獨角。
> 潔白的獸走近一位少女——
> 映在銀鏡中，映在她心中。
>
> ——《獻給奧耳菲斯的十四行詩》第二部之四

這樣，詩便既不是對於生命「一般」意義的沉思，也不是內心混亂世界尋求、確立一種秩序的意志。詩之對於我，只能是具體流動的生命質感的語言「呼吸」，它使我明白，與置身其中的「街道」，我只能謙卑地鬥爭，這鬥爭既漫長得無邊，也沒有獲勝的真實可能；詩，是一種具有語言良知的沉沉香氣、壓力。要知道，我們只能在這條平庸得無法改變的街道上遭遇，並漸漸培育出靈魂裡的光，否則，生命將是異常虛妄的。

1997.7.10

語言文學類　PG1359　中國當代詩典　第二輯09

火花旅館
——啞石詩選

作　　　者 / 啞　石
主　　　編 / 楊小濱
責 任 編 輯 / 李冠慶
圖 文 排 版 / 連婕妘
封 面 設 計 / 蔡瑋筠

發 行 人 / 宋政坤
法 律 顧 問 / 毛國樑　律師
出 版 發 行 / 秀威資訊科技股份有限公司
　　　　　　114台北市內湖區瑞光路76巷65號1樓
　　　　　　電話：+886-2-2796-3638　傳真：+886-2-2796-1377
　　　　　　http://www.showwe.com.tw
劃 撥 帳 號 / 19563868　戶名：秀威資訊科技股份有限公司
　　　　　　讀者服務信箱：service@showwe.com.tw
展 售 門 市 / 國家書店（松江門市）
　　　　　　104台北市中山區松江路209號1樓
　　　　　　電話：+886-2-2518-0207　傳真：+886-2-2518-0778
網 路 訂 購 / 秀威網路書店：http://www.bodbooks.com.tw
　　　　　　國家網路書店：http://www.govbooks.com.tw

2015年10月　BOD一版
定價：290元
版權所有　翻印必究
本書如有缺頁、破損或裝訂錯誤，請寄回更換

國家圖書館出版品預行編目

火花旅館：啞石詩選 / 啞石著. -- 一版. -- 臺北市：
秀威資訊科技, 2015.10
　　面；　　公分. -- (語言文學類；PG1359)(中國
當代詩典. 第二輯；9)
　　BOD版
　　ISBN 978-986-326-072-1(平裝)

851.487　　　　　　　　　　　　104010931

讀者回函卡

感謝您購買本書,為提升服務品質,請填妥以下資料,將讀者回函卡直接寄回或傳真本公司,收到您的寶貴意見後,我們會收藏記錄及檢討,謝謝!
如您需要了解本公司最新出版書目、購書優惠或企劃活動,歡迎您上網查詢或下載相關資料:http:// www.showwe.com.tw

您購買的書名:_____

出生日期:_____年_____月_____日

學歷:□高中 (含) 以下　　□大專　　□研究所 (含) 以上

職業:□製造業　□金融業　□資訊業　□軍警　□傳播業　□自由業
　　　□服務業　□公務員　□教職　　□學生　□家管　　□其它_____

購書地點:□網路書店　□實體書店　□書展　□郵購　□贈閱　□其他

您從何得知本書的消息?

　□網路書店　□實體書店　□網路搜尋　□電子報　□書訊　□雜誌

　□傳播媒體　□親友推薦　□網站推薦　□部落格　□其他_____

您對本書的評價:(請填代號　1.非常滿意　2.滿意　3.尚可　4.再改進)

　封面設計____　版面編排____　內容____　文／譯筆____　價格____

讀完書後您覺得:

　□很有收穫　□有收穫　□收穫不多　□沒收穫

對我們的建議:_____

_____

_____

_____

11466
台北市內湖區瑞光路 76 巷 65 號 1 樓

秀威資訊科技股份有限公司　　　收
BOD 數位出版事業部

....

（請沿線對折寄回，謝謝！）

姓　　名：_____　年齡：_____　性別：□女　□男

郵遞區號：□□□□□

地　　址：_____

聯絡電話：(日) _____ (夜) _____

E-mail：_____